岁月采吟

马沈岐◎著

陕西新华出版

太白文艺出版社·西安

图书在版编目（CIP）数据

岁月采吟 / 马沈岐著 . -- 西安：太白文艺出版社，
2024. 9. -- ISBN 978-7-5513-2716-9

Ⅰ . I227

中国国家版本馆 CIP 数据核字第 2024XQ4658 号

岁月采吟

SUIYUE CAIYIN

作　　者	马沈岐
责任编辑	党　铫
装帧设计	青年作家网
出版发行	太白文艺出版社
经　　销	新华书店
印　　刷	永清县晔盛亚胶印有限公司
开　　本	880mm×1230mm　1/32
字　　数	120 千字
印　　张	7.5
版　　次	2024 年 9 月第 1 版
印　　次	2024 年 9 月第 1 次印刷
书　　号	ISBN 978-7-5513-2716-9
定　　价	58.00 元

联系电话：029-81206800

出版社地址：西安市曲江新区登高路 1388 号（邮编：710061）

营销中心电话：029-87277748　029-87217872

序　言

我们那一代人,作为时代的中坚力量,伴随着社会的变迁,默默贡献着自己的青春与智慧。我们以饱满的热情和坚定的信念,成为推动时代前进的一股不可忽视的力量。当我们聚集在乡村,面对各种挑战与机遇时,她不仅为我们提供了实现梦想的沃土,还帮我们找到了自己的定位与使命。

我们那一代人在乡村的经历,可以概括为三部分:

其一,是身体的锤炼。从都市的喧嚣到乡村的宁静,我们需要通过劳动来适应新的环境。虽然起初可能会感到疲惫,但我们凭着年轻的身体和坚强的意志,很快就适应了这种新的生活方式。

其二,是技能的提升。对于初到乡村的我们而言,很多农活显得陌生而具有挑战性。然而,我们与父老乡亲一起劳作、学习,逐渐掌握了各项劳动技能,为乡村的发展贡献了自己的一份力量。

其三，是人生的规划。在乡村的岁月里，我们开始深入思考自己的未来。年少的我们也许有过迷茫和不安，但这也促使我们更加成熟和坚定。通过不断地努力和实践，我们逐渐明确了自己的人生目标，为未来的发展奠定了坚实的基础。

回顾我们那一代人的乡村经历，现在更应该以开放和包容的心态面对自己的成长与变化。随着时间的推移，我们积累了丰富的经验和智慧，更加深刻地理解了那段时光对我们人生的深远影响。

我一直关注着我们那一代人在乡村的奋斗历程，并时常通过诗歌来抒发对他们和土地的敬意与感慨。我们是时代的见证者，也是推动社会发展的重要力量。我们的道路虽然曲折，但充满了希望。

总的来说，我们那一代人是坚强且值得自豪的。我们用自己的青春和汗水，在乡村的广阔天地里书写了属于自己的精彩篇章。

目　录

渺　小

我渺小如一只麻雀

在春日的天空中翻飞

自由、轻盈，却不留痕迹

我渺小如一粒草籽

飘落在黄土高原

生根、开花，再结出新的生命

我渺小如一颗石子

被急流卷入这个水湾

在静谧中，我消磨了我的青春

我渺小如一滴泪珠

藏匿在眼眶的角落

感情的风暴，总让我泛起涟漪

我渺小如一阵微风

穿梭在每个缝隙

无声无息，却又无处不在

我渺小如一缕光线

在黑暗中我才显得如此耀眼

像一把利剑，刺破夜的沉寂

我如此渺小

却在世界的每个角落

留下了属于自己的印记

注：经过昨日奔波，我于春雨迷蒙之际进入一条山沟，抵达插队的农村——陕西省渭南市澄城县庄头公社李家河大队第二小队。到达时已是夜间，陌生加上不适，困乏难耐，很快入眠，醒来时已有阳光透过门窗缝隙，将院子里的昏暗切割成了诸多块。遂起身下炕，出了院子，沿着小土坡，步行至雾气弥漫的小河边。这里空气清新，鸟鸣悦耳，杨柳新叶在细密晨风中沙沙低语，一切皆是如此静谧、安宁。河湾处，几位女同学走来，兴奋之余，众人即兴赋诗，以抒发初至农村的新奇情怀。

1974 年 4 月 17 日　晴　星期三

担水种红薯

土塬之上，水源稀缺
男人担水，长途跋涉
女人在红薯田中辛勤劳作
耕耘着生活的希望与未来

房东大婶体贴入微
为我准备了两个小铁桶
我初来乍到，不识农间疾苦
自以为能担起更大的水桶

大婶轻声劝诫，要我量力而行
担水的日子还很长，别急于一时
村里的犬只对我冷嘲热讽
我却只当它是无聊的狺吠

清晨，我随着村民来到河边

装满水桶，准备爬坡

一开始我满怀信心

快步走到了队伍的最前头

但种下第一株红薯苗后

我才明白大家的笑意

每一次往返，我的脚步逐渐沉重

肩上的扁担，仿佛千斤重

肩膀被磨破，血水渗透衣服

我咬牙坚持，不愿轻易放弃

回到宿舍，房东大婶递给我垫肩

眼里满是关心与心疼

午后的阳光炙烤着大地

我的肩膀已经痛得无法触碰

但我知道，这是成长的必经之路

只有经历过磨砺，才能更加坚强

塬上担水，虽然艰辛困苦

却也让我体会到了生活的真谛

在这里，我学会了忍耐与坚持

也收获了乡村的温情与厚谊

1974 年 5 月 1 日　多云　星期三

赶　集

塬上梯田的麦子已经熟透

红霞——队里最耀眼的女生，告诉我

王村明天有集市，热闹得很，值得一去

她的话，点燃了我心中的期待

于是，一大早我便匆匆吃完早饭

召集组里的小伙伴们一同前往

爬过五里坡，眼前豁然开朗

集市上人潮涌动，热闹非凡

农具、农产品、各色小吃，琳琅满目

一阵肉香飘过，让人垂涎欲滴

我们顺着香味找去

在一口大铁锅前停下脚步

虽然围观的人很多，但买的人却少

我们每人掏出四角五分，买了个猪蹄子

就在大街上大口啃起来

引得路人纷纷侧目

在众人的注视下，我们吃得津津有味

手上沾满油渍，黏糊糊的

于是随手抓起一把尘土

擦干净手上的油污

肚子里有了油水，人也精神多了

我们在集市上东逛西逛，兴致勃勃

太阳高照，晒得我们满头大汗

玩得口干舌燥，是时候打道回府了

这次赶集，真是让人兴奋又开心

感谢红霞的好意提醒

让我体验到了乡村集市的独特魅力

也感受到了生活的美好与乐趣

1974 年 5 月 27 日　晴　星期一

夏　收

天还未亮，国槐上的钟声响起

妇女队长的召唤，唤醒沉睡的村庄

第一次参加夏收，心潮澎湃

我匆匆穿衣，奔向集会的空地

黎明前的黑暗，人影憧憧

只见墙根的烟锅里火星闪烁

空气中劣质烟叶的呛人味道

预示着一天的劳作即将开始

收麦子并非新活，却充满挑战

村民们结伴上坡，我们却显得孤单

我被安排给壮实的小伙满囤

他高出我半头，算是照顾我了

去饲养室拉来架子车，套上草驴

叫驴和骡子已被早起的村民抢走

我牵着草驴，满囤驾着辕

两里多长的大坡，我们共同努力

天才初露鱼肚白，我们已上塬

妇女们割倒的麦子躺满田野

满囤催促我装麦子，扎成粗捆

几十趟来回，两腿已感酸困

车上的麦子越堆越高

用麻绳紧紧勒好，准备返程

我牵着驴，满囤拉着一车麦子

完成第一趟夏收的任务

虽然疲惫，但内心充满喜悦

这是知青生活的独特体验

夏收的日子虽然辛苦

却收获了友谊和成长

1974 年 6 月 1 日　晴　星期六

抢　场

拉到场上的麦子，金黄又饱满

晒透、晒干，是等待一年的期盼

午饭前的晴空，云朵轻轻飘散

疲惫的人们，困乏中沉入梦乡

突然，钟声如擂鼓般炸响

沉睡中的人们被惊醒

黑云已经压城，狂风开始呼啸

暴雨将至，威胁着农人一年的辛劳

不用队长呼喊，全村人都已出动

男女老少，齐心协力，战斗开始

麦垛迅速垒起，抵抗暴风雨的侵袭

狂风卷着尘土，麦子几乎要飞离地面

白雨如注，顺着垴头猛烈倾泻

但人们已将麦子安全地码成垛子

雨水瞬间淹没麦场，却无法淹没希望

被冲走的只是几粒遗落的麦子

人们衣裳湿透，躲进麦场棚子下避雨

紧张的气氛被一句"好悬啊，一年的收成！"打破

是啊，若没有麦子，生活将如何继续？

公粮又何以为继？心中将充满焦虑和无奈

湿润的清风吹过，天空逐渐放晴

有经验的乡亲说，雨已过去

黄土地上的麦场，很快恢复了干燥

当太阳隐没在天边时，工作又重新开始

麦垛再次被摊开，为了防止麦子发芽

人们一直忙碌到月亮爬上夜空

精神紧绷后的松懈，让人几乎瘫倒

但看着金黄的麦子，心中满是欣慰和自豪

这场与天气的较量，虽艰辛却值得

保住了收成，也保住了希望

抢场的日子早已过去，但记忆永存

在每一粒麦子中，都蕴藏着农人的汗水和坚忍

     1974 年 6 月 12 日 雷阵雨 星期三

山头回旋雷阵雨

麦地里最后一趟已收官

车满载着金黄，心向归途盼

乌云如墨聚首，雷声隐隐作响

草驴轻颤，步履开始忙乱

暴风雨欲临，无处寻觅避风的港湾

只得依偎麦车旁，静候天公的考验

狂风携带着泥土的芬芳席卷

然而暴雨却巧妙地绕过了我们的防线

它在垴头围台上轻盈画弧

如舞者跃动，却未触及我们的衣衫

周遭泥水肆虐，而此地如世外桃源

滴水未沾，宛若神迹，令人惊叹

难道是上天的垂怜？

对我们这些与天争粮的知青与乡亲格外开恩

雨后的土地膏腴，车轮却难以动弹

倚着车架，我陷入了短暂的梦境之中

一觉醒来，日已西斜

饥肠辘辘，归心似箭

草驴似乎也感受到了我的急切

回家的步伐欢快，仿佛知晓即将享用晚餐

下坡路上，黄尘如烟

那是暴雨未曾触及的土地，为我们让路

感谢上苍的眷顾

让我们在雨中，找到了一处庇护之所

这场雨，如同诗篇中的神迹

让我们心怀感激，对自然更加敬畏

知青与乡亲，共同守护着这片麦田

那是我们心中的希望，也是生活的源泉

1974 年 6 月 15 日　雷阵雨　星期六

杀　麻

初涉农事，每项都是新尝试

杀麻这项任务，也不例外

听闻乡亲说，这活苦不堪言

如今亲身体验，才知所言非虚

线麻矗立，高逾两米

挥刀向根，应声而断，重重倒地

麻叶边缘如锯齿，锐利伤人

反复划过肌肤，痛痒交织

深入麻丛，密不透风，闷热难耐

汗水混合花粉，黏腻不适

流入眼中，刺痛难忍

无法擦拭，只能以衣角轻拭

反复擦拭后，双眼赤红，如兔眼般

终于杀完，捆扎成束，粗如合抱之木

肩扛麻捆，移至沤麻池

接下来的步骤，更需技巧与经验

村里老农，身强力壮，经验丰富

他们下池摆放麻捆，整齐有序

大石块重压，池水满溢

专人看护，确保过程无误

其中最难，莫过于倒麻

从黑臭的沤麻水中，费力捞起

体弱者无法独自扛起

须得两人合力，才能勉强抬起

麻捆换位，重新摆放

整个村子，弥漫着沤麻的臭味

尤其是身上的味道，难以消散

即使沐浴更衣，也难以去除

守着沤麻池用餐，臭气熏天

初时难以下咽，恶心不已

然而时日一久，竟也习惯

不再觉得难以忍受，甚至视为平常

麻沤好后，趁天晴晾晒

我们知青，每人也分得麻三十斤

夜晚闲暇时，围坐剥麻

明月高悬，谈笑风生，别有一番情趣

1974 年 8 月 21 日　晴　星期三

修梯田

洪水肆虐后

后沟的梯田，留下了苍凉

幸运的是，麦子已早早入仓

无损的收成，是农民的希望

梯田损毁，秋季无法播种

人们齐心，劳动力拥向石墙

石块滚落，远近散落一地

搬运的任务，显得如此漫长

男人们双双抬起巨石

妇女们则俯身，捡拾小石

开始时石块近且小

众人搬运迅速，劲头十足

然而石块渐远，力气渐耗

速度放缓，汗水如雨滴落

近处的石块容易得工分

远处的石块，收益变得微薄

满囤催促我快快行动

先捡拾那些较小的石块

后面剩下的大石更费力

两人共抬，汗水浸满全身

半年的劳作，让肩膀生茧

抬石头虽重，却已无痛感

妇女队长点燃了烟锅

辛辣的气息，让人泪眼模糊

工分带来的收益少

每一分钱，都难以找寻

修田的辛苦，是为了生活

共同克服困难，期盼着丰年到来

1974 年 9 月 20 日　阴　星期五

种麦子

羊圈肥已积满，拉到田间播撒

犁地、耙地、整地，准备种麦前的工作

十月来临，农时紧迫不等人

每一块土地，都是我们的希望之源

大片田地，牲口拉犁播种忙

小块土地，人们肩拉手推不松懈

三人一组拉犁，技术活考验着每个人

犁铧入土深浅一致，出苗才能整齐划一

霜降之前，务必完成播种任务

收成丰歉，就在此一搏中显露

我们累并快乐着，腰酸腿疼不言休

为了金色的麦田，我们奋力向前

突然，一位姑娘不慎失足

跌落崖下，众人惊慌失措

幸运的是，她并无大碍

只是皮肤划伤，让我们松了一口气

这次意外，提醒我们更加小心

时间虽紧，安全始终放第一

我们扶起她，送回宿舍休息

上药疗伤，关怀备至显真情

队长紧张、担心不已

虽事故已过，仍心有余悸

我们更加珍惜当下，团结一心

为了丰收，共同努力不放弃

热爱劳动，是我们不变的信念

虽然辛苦，但成果让人欢畅

种麦子，是我们共同的使命

为了生活，我们奋勇向前不停歇

1974 年 10 月 1 日　晴　星期二

收秋玉米

秋风掠过渭北的高原
沟壑间，梯田上的玉米已金黄
妇女队长眼中闪烁着智慧
他熟知，每块土地的故事与希望

我钻入那叶已干枯的玉米地
叶子如刀，无情地划过我的手臂
鲜血微渗，玉米花粉随风起
刺痒、疼痛，交织成难耐的旋律

农民们身手敏捷如风
而我们，初试劳作显得笨拙
但渐渐地，我领悟到劳作的节奏
紧跟队伍，不再畏惧与彷徨

老乡的智慧让我惊叹

毛巾包头，既是保护也是风尚

轻轻拍打身上的玉米花粉

劳作间，效率已然在提升

秸秆扎成捆，背上负重前行

五里路，汗水与疲惫交织

腰酸背痛，却满心欢喜

归来时，虽似泥猴，但笑语盈盈

秋收玉米，是生活的诗篇

记录着我们的劳动与情感

虽苦虽累，却收获满满

这份经历，永存于我的心间

1974 年 10 月 23 日　晴　星期三

挖萝卜

红萝卜在霜后等待收获

清晨，太阳还在梦的彼岸

露水浸润着田野，冰凉透心

我们齐聚萝卜地，劳作即将开始

妇女们沉默着，没有开玩笑的心情

她们蹲下，开始与泥土对话

我也蹲下，手中的锄头挥舞

却感到手指渐渐被寒冷侵袭

清理萝卜上的湿泥，黏腻而冰冷

那寒意，仿佛能穿透肌肤，深入骨髓

我懂得，寒冷中更要加速劳作

但时间流逝，双腿开始颤抖，不听使唤

我尝试站起，却瘫倒在地

双腿如针刺般疼痛，麻木无力

再次蹲下，疼痛更甚

有些同伴，已半爬着挖掘，浑身沾满泥污

当太阳终于爬上东山

我们已在地里往返了两趟

双手冻得失去知觉，反而不再觉得冷

头上热气开始升腾

阳光穿透雾气，形成彩虹

照耀在汗水上，如铠甲般闪耀

太阳给予我们力量，速度瞬间提升

妇女队长站在地头，抽着呛人的烟，笑容满面

红霞靠近我，默默帮我分担

这份温暖，让我心生感激

挖萝卜的日子，虽然艰辛

但人与人之间的关怀，让寒冷也变得温暖

1974 年 11 月 14 日　晴　星期四

挖　渠

大队的喇叭，在晚饭时突然响起
大队长声音洪亮，传达紧急指示
石堡川到县城，要开挖新的水渠
劳力们连夜准备，明早就要起程

夜色中，各小队钟声回荡在沟壑
十五里的路程，显得那么遥远而迫切
我们趁着夜色，匆匆赶路
到达工地时，已是热火朝天

冻土层坚硬如铁，镐头刨下只见白点
但老乡们力大无穷，很快就挖开了口子
渠下温暖如春，干活时甚至脱去了棉袄
而地面上，铲土的人们却在风中颤抖

西北风如刀割，手背裂开带有血丝的口子

每一下用力，都是钻心的疼痛

我们用草绳紧紧扎住棉袄，抵御寒风

只有不停干活，才能补充身体的热量

中午时分，老乡们从怀里拿出温热的馒头

而我们拿出的馒头，却已冻成了冰疙瘩

我们吸取了教训，学会了老乡的智慧

终于也吃上了带着汗味的温热馒头

我们带去的大头咸菜，成了抢手货物

大家围坐在一起，分享着这份简单的美食

挖渠的日子虽然艰辛，却也充满了温情

我们共同奋斗，为了更美好的明天

1974 年 12 月 27 日　阴　星期五

自留地

东崖边的三块地，被遗弃的角落

如今成了知青的自留地

两亩六分，我们的新希望

妇女队长播下麦种，期待满满

虽无农家肥的滋养

也无溪流的灌溉

但孱弱的麦苗仍在秋风中挺立

青黄相接、摇曳生姿，展现生命的力量

小雪飘落，如诗如画

我们满怀欣喜，收集着白雪

轻轻覆盖在麦苗上

如同呵护自己的孩子，温暖又充满期待

春天悄然而至，万物复苏

每天上工路上，我们像检阅士兵的将军

看着麦苗与野草竞生

一场除草的战斗，我们全力以赴

麦收季节终于来临

我们小心翼翼地割下麦子

麦穗虽然细小，却承载了我们的希望和努力

这是我们的第一次收获，珍贵而难忘

扬场、碾打、上秤，二百斤的重量

是我们辛勤付出的见证

磨出的三十斤白面

成了我们心中最美味的食物，香气四溢

自留地，让我们的青春更加丰富多彩

虽然艰辛，却收获了成长与喜悦

这是我们的土地，我们的梦想

积极向上、勇往直前，共创美好未来

1975 年　夏

大青骡子

队里新来了一头大青骡

年轻力壮，脾气却是火暴

无人敢近它身，耕地更是无从说起

除了我，那日用糖块，巧妙将它俘获

饲养房内，我与房东大叔低语

他笑着应允，我信心满满，手持糖块诱惑

大青骡子竟温驯如羊

吃下糖块，仿佛变了模样

我轻轻解开缰绳

它随我静静地走出饲养房

房东大叔惊异，连声啧啧

快速为它套上骡套，准备上场

我扛起铧犁，青骡在旁

走上广阔的原野，众人目光聚焦在我们身上

他们窃窃私语，满目惊奇

怎知青骡如此听话，与我并肩耕地

我轻拍它的脖颈，示意开始

青骡昂首，步伐轻快，劲头十足

几个来回，众人围观，赞叹不已

此时妇女队长走来，面带愠色，欲试身手

他接过大青骡，对视间，火药味浓

青骡似乎感受到威胁，梗起脖颈

妇女队长一鞭子扬起

青骡受惊，飞奔回饲养房，不见踪影

众人哄笑，妇女队长面色通红

而大青骡，依旧是我的好友，与我情投意合

1975 年 8 月 17 日　多云　星期天

三十年的同学聚会

三十年的岁月

犹如一条成熟的河流

造就了人生的沃野

流淌着往昔纯真的情愫

三十年前的今天

我们在灰色的春天里

走向了未知的田野

去体会生命的酸甜苦辣

三十年后重逢的日子

我们已深刻地了解生活的含义

在抗争中完善我们的人生

我们对自己的历史不再悲伤

三十年后我们重逢

欢快的笑声感染了春天

无论我们的旅程有多难

这份纯真的友谊都将陪伴着我们

　　我们三十年前相识，三十年后原 82 中的同学们相聚在长安县（今长安区）的常宁山庄。这里曾是唐朝时的行宫，现在是避暑山庄。今天有上千人来到了这里，欢聚一堂。

2004 年 4 月 16 日　多云　星期五

跳　　蚤

从外面归来，无意中带回了一只跳蚤

那几处红疙瘩

唤起了我的记忆

将我带回那段在农村生活的岁月

跳蚤啊，你并非我生活中的和谐伴侣

你的肆意叮咬，让我痛痒难耐、心绪难安

但我坚信，生活中的挑战都是成长的契机

你的出现，只是提醒我要更加重视清洁与健康

我不会因你而气馁，更不会向你屈服

我会以坚定的态度，迎接这场小小的挑战

我会清扫每一个角落，让你无处藏身

用智慧和勇气，将你彻底驱逐出我的生活

你的出现，如同短暂的阴霾

但请相信，阳光终将驱散一切黑暗

我会保持积极的心态，勇往直前

让生活的美好，不再受你的侵扰

跳蚤啊，你的挑战我已接受

这场较量，将成为我成长路上的见证

我会以更加积极向上的姿态

迎接每一个新的挑战，创造更美好的明天

2005 年 9 月 30 日　中雨　星期五

从远古飞来的一只鸟

在久远的时光里，曾听闻一个村庄的古老传说

那是关于麦收、祈愿与一只特殊鸟儿的美丽故事……

当金黄的麦浪在田野上翻滚

村庄的天空中，有只鸟儿在飞翔

黄色羽毛，歌声悠扬——"算黄算割"

它不倦地唱，为了那古老的使命与传说

远古时，洪荒初开，人们辛勤耕作却难获丰收

自然灾害常让一年的辛苦化为乌有

那时，有个勤劳的庄稼汉

他守护麦田，梦想美好生活，却总被现实打败

一场狂风，吹落金黄的麦穗

他的心血，乡亲们的希望，随风飘散

痛哭声、祈求声，响彻村庄

但天地无应，苦难依旧

然而，在那个星辉满天的夜晚

庄稼汉梦中化作了飞翔的鸟儿

他飞越山川，俯瞰田野

突然明了：麦子分批熟，应及时收割

为了让乡亲们知晓这道理

他决定，化作那只永不停歇的鸟儿

在每个麦收季节，飞过村庄上空

提醒人们，"算黄算割"，莫失良机

于是，那只鸟儿成了传说

它的歌声，是丰收的预言，是辛勤的赞歌

人们过上了美好的生活

而那只鸟儿，依旧在每个麦收时节，飞翔、歌唱

这个故事，如金黄的麦穗般

在每个村民的心中，生根发芽，代代相传

2005 年 10 月 2 日　多云　星期天

村前那条李家河

村前有条李家河

记忆中，雨雾常伴其侧

静谧的村庄，泥泞的道路

都市的喧嚣，于此处化为炊烟袅袅

无歌声，无欢笑

时间静静地流逝，如河水悠悠地流淌

细雨绵绵，锁住夜的寂寥

也锁住了我们那开阔的心胸

那条河，曾排遣了多少孤寂

黎明薄雾中，我徘徊其畔

野鸭惊飞，露珠打湿眉梢

寂寞如雾，惆怅随水而流

那条河，迎接过无数晚霞

疲惫的青春，在此得到抚慰

因求知欲旺，故常感饥渴

河边大石，成我最爱之地

柔风中，我流连书海

惹得生产队长怒容满面

山里的夜，黑得早

炊烟起，饭香四溢，唤我归巢

那条河，承载了千年习性

鱼虾自在游，鳖儿晒日暖

大伙儿尝鲜，清蒸鱼味美

房东小伙，半夜熬鱼汤，香飘满院

干旱时节，河水被拦

等水浇地，我们数着星星入眠

浑身泥泞，被水泡醒

放水浇灌，一夜无眠

最黑暗的时刻过去

东方泛白，曙光初现

浇灌完毕，太阳未升

雾气缭绕，与河面融为一片

那条河，也有狂暴时

大雨滂沱，浊浪滔天

村民沿河捞物，小伙勇闯浪尖

惊涛骇浪，冲击着人们的心弦

河岸发现煤，于是建立矿井

从此河水变污，鱼虾不见

矸石填河，植被蒙尘

曾经的美景，化为荒芜一片

那条河，独属她的原生态的美已逝

曾经的梦想，建设小江南

现实沉重，力量卑微

除了知识荒芜，还有众人无奈

流星划过那条河，留下一缕微光

照亮我们前行的路，不忘过往

李家河啊，你曾陪伴我们成长

给予我们美好的梦想和希望

2014 年 10 月 14 日　晴　星期二

岁月感怀

一代青年

胸怀壮志

赴远山乡

望长城内外

奋图励志

几经磨炼

锐气昂扬

理念交锋

农田耕作

求索前程路漫长

寻方向

各施才华技

背井离乡

往昔苦累负伤

风雨里

熔炉铸铁钢

再经年聚首

前尘似梦

吹拉弹唱

旧事重现

曲折青春

焚膏继晷

终铸英才耀四方

斜阳下

看余晖晚霞

莫负韶光

2015 年 1 月 31 日　小雪　星期六

乡村岁月

初踏广阔天地时

心潮澎湃，志气高昂

有旗帜引领方向

青春之血，为国流淌

深入田野乡村中

曾经的强大内心

在现实的重压下摇摆

那些日子，出乎意料

苦斗中心智受磨蚀

无奈里希望渐渺茫

仰望星空，寻未来

却只见空洞与苍茫

未知明日何模样

知识基础薄弱，心中恐慌

那个特殊的村落

如岩浆般暗藏能量

只待岩石破碎，通道敞开

便会以非凡之姿，向世界展现光芒

苦难不曾压倒

迷惘未能束缚

我们在历史的洪流中

独树一帜，奋力前行

乡村赋予我们质朴与守望

那份家的温暖，永不忘

如今有能力回馈

更关注那些辛勤的农民工

为何总梦回那曾经的村庄？

只因心思纯净

盼故乡建设得更加美好、富裕

回首往昔，经历或许不完美

反思之中，或有苛刻之处

但我们的心，始终善良如初

愿为农村改革，贡献微薄之力

留守的乡亲，生活窘迫无奈

刺痛了我们的眼与心

那是农村落后的写照

必须迎来根本的改革与转型

自然经济已无法满足时代需求

高科技、集约化、智能化

才是我们共同的理想与追求

城镇化、个性化、特色化

未来的村镇将如繁星般璀璨夺目

我们曾在广阔天地里走过一遭

农村的命运，便与我们紧紧相连

那些曾认为是苦难、寂寞、无奈的日子

就让它们随风飘逝吧。

如今我们满怀希望与信心

迎接农村崭新的明天与未来

2015 年 5 月 10 日　中雨　星期天

乡 愁

一

在那个遥远的村落里

有我们青年奋斗的足迹

随着时间的流逝

心中的思念愈发清晰

回归故地，看何物最美？

是青年们改变农村的决心与毅力

几十年来，我们无畏挑战

以特殊身份，书写了一个时代的传奇

虽然曾失去学习的黄金时期

但我们用勤劳与智慧开辟了新的天地

我们的知识或许不够渊博

却为农村的建设竭尽所能

城乡的差距，曾让我们感到无力

但我们始终坚信，努力能创造奇迹

青年们与农民并肩作战

共同为农村的繁荣付出心血与汗水

虽然初来乍到，让我们倍感陌生

但随着时间的推移，我们逐渐融合

青年们的热情与干劲

为这片土地带来了无尽的活力与希望

我们不断学习，提高自己

为了农村的发展，我们奋不顾身

虽然过程中有挫折与困难

但我们从未放弃，始终坚定前行

如今，我们已成为国家的中坚力量
肩负着转型增效的重任，勇往直前
我们的经历，充满了挑战与机遇
为国家的发展竭尽所能

回忆过去，我们满怀感慨
那些岁月，已成为我们宝贵的财富
我们走过的路，充满了坎坷与荆棘
但也铸就了我们坚韧不拔的品格

展望未来，我们充满信心
继续为国家的繁荣贡献自己的力量
青年们，让我们携手共进
为了更美好的明天，努力奋斗

二

离开那个村子已经整整四十二年了
这么多年过去，村里肯定变化不小吧！
想当年，和那些农民朋友们一起努力干活
不知道他们的日子现在过得怎么样了？

以前住的那家的房东，现在还好吗？
我们当年想把旱田改成水田
那些没干完的工程，不知道有没有完成
还是早就被放弃了？

村子里的那些山沟、土梁
还记得我们为了改变它们流了多少汗吗？
我们以前投入的热情
也不知道那片黄土地现在怎么样了？

其实，我们也很想回去看看

但就是觉得，空着手回去不太好意思

奋斗了几十年，也就落得了个衣食无忧

感觉没脸见那些老朋友们

这一辈子，感觉就像是在不停地欠债还债

退休了都觉得还有债没还清

但我们几个老伙计商量好了

不管怎么样，都得找个时间回去一趟

说实话，上山下乡那段日子

对我们来说，真的是很宝贵的经历

虽然经历了很多困难和伤心事

但现在的我们，什么困难都不怕了

那些年上学吃的苦，我们都熬过来了

工作上也顺利接过了前辈的担子

下岗潮席卷而来的时候，我们都没被打倒

现在还是一样站得直，挺着腰

所以啊，我们得感谢生活，感谢农村

更要感谢那段岁月给我们的历练

三

路越来越近，熟悉的风景也愈发清晰

村庄、山头，还有五里坡

这道坡，我曾无数次攀爬

每次在山沟里感到压抑

只有征服这道长坡

才会觉得天空如此辽阔

无限的大地在延伸

朝阳从我左手指尖缓缓升起

夕阳又在我右手指尖轻轻落下

我观看白天的云卷云舒，变幻无常

也仰望黑夜中繁星点点、银河璀璨

面对这熟悉的风景，我不忍匆匆而过

于是停车驻足，用镜头捕捉这山河的沧桑与惆怅

薄雾笼罩的黄土高原，道路弯弯曲曲

我曾赶着毛驴车往返，为县城的蔬菜公司送货

从县城买回粮食和生活必需品

那头年迈的毛驴，是功臣、是伙伴

饲养员说，她为生产队生下了四头小毛驴

如今她老了，拉不动地了，我们却不忍让她离去

就让她干点轻松的活，我们都疼爱她

每次爬坡累了、渴了

我们就在树荫下歇息，眺望那广袤的原野

心中也感到无比开阔与舒畅

歇够了，便继续向县城进发

有一次，心情烦闷

我打了毛驴，她却没有反抗

只是低下头，像犯错的孩子

我悔恨不已，向她道歉

在县城买了黑糖，喂给她吃

毛驴对这条路熟稔于心

回村的时候，她会提醒我

抬头看我，前蹄刨地，轻声嘶叫

然而离开农村时，我心已飞远

竟忘了与毛驴道别

时光荏苒，我深感愧疚

对不起，曾与我共度艰难时光的毛驴

此生，是否还能再见？

四

进村的路似乎变窄了

铺上了光滑的水泥

村口矗立的纪念碑，纪念着红军李军

这个我们插队时未曾听闻的英雄

他的存在，仿佛为村子点燃了革命的火种

路边的土地已被分割成块

我们当年熟悉的大片田野不见了

那时，土地还是集体的

全村的男女老少，每天聚集在院坝上

等待妇女队长敲响钟声，分配一天的任务

然后，大家一字排开，沿着小路向原野走去

那时的妇女队长，虽名为妇女，却由男人担任

因为村里的女性大多早早出嫁，或文化程度有限

她们白天劳作，晚上照顾家庭

稍有不慎，便可能遭受暴力

在农村，妇女的解放还远未完成

我们小队的队长，有文化、见过世面

他几乎不上地，专注于干"大事"

县里、公社的领导来访，都由他接待

其他人则畏畏缩缩，不知所措

都说农村人纯朴，确实如此

但我们这些知青，有时却自以为是

偷懒、逃避，与这片土地格格不入

农民们深爱着自己的土地

而我们，像过客般匆匆离去

集体劳动的场面已成为历史

只能在资料片中回味

村口的那条河，因煤炭污染已不复清澈

我们梦中的清溪，只能留在记忆里

如今煤矿也倒闭了

只剩一个空旷的矿坑，依然屹立在那里

五

村中的十字路口，仿佛被岁月缩小了尺寸

古老的戏台子依旧斑驳地矗立在那里

它的颓废，如同被时代遗弃的孤儿

然而，那曾是我们知青的快乐殿堂

白天，我们在此排练，它是偷懒的乐园

夜晚，灯光下，台上熠熠生辉

村民们拖家带口，早早地聚于戏楼前

人声鼎沸，话匣子仿佛能掀翻夜空

村子里静谧得只能听见风声低语

几个中年妇女推着轮椅上的老人

她们戒备地看着我们，这群贸然闯入的游子

那条熟悉的坡路，青石板依旧透着往昔的光泽

初学挑水时，不听话的平衡感

曾让我们水洒坡面，摔得鼻青脸肿

麦收的季节，每一步都显得沉重

我们曾恨为何要来这沟里插队

身为班干部，我们不怕困难

却终被困难压得喘不过气

在交流中，我们仿佛重回青春岁月

队长的脑海中，仍清晰刻着我们的名字

谈及房东，一阵唏嘘涌上心头

老人已逝，连那年轻的房东儿子也已离去

门楼更加颓废，紧锁着往昔的记忆

狗吠声从院墙内传出，引发无限遐思

走进队长的窑洞，感受那独特的温馨

窑洞，这美妙的住宅，冬暖夏凉

无须炉火取暖，炕头盘个灶

便可做饭取暖，生活需求得到满足

队长记着我们每个人的名字与事迹

关心我们的现状，毕竟我们曾共度那段时光

知青的乡愁，随岁月流逝而愈发浓烈

六

队长家中新装的水龙头

昭示着村民家也都迎来了清流

自来水，这是何等的进步

它带来健康的曙光

然而队长家，依旧贫寒

改革的春风，似乎未曾吹拂到这片土地

离开农村已四十余年，我重返故地

路还是那条路，房屋窑洞依旧

贫困，也如旧日的影子，紧紧相随

伤感如潮水般涌上心头

农村的变革之路，难道真如此难寻？

我匆匆而来，本想寻觅知青的乡愁

却不料，增添了更多的惆怅

知青与农村，缘分深厚，无法割舍

在几十年的反思与追忆中

我们翻遍了知青的过往

却忽略了那些我们曾燃烧过激情的地方

是农村，是边城，是那些纯朴的老乡

他们接纳了我们，这些离开了城市的孩子

我们曾自以为是时代的宠儿

如今，是时候回报农村的养育之恩了

让我们用几十年积累的智慧与经验

为那片曾经养育我们的土地鼎力相助

为知青的乡愁，画上一个圆满的句号

让农村的明天，因我们的付出而更加美好

2016 年 6 月 26 日　多云　星期天

欢聚组诗

欢　聚

联盟十载庆华章

好友欢聚诉衷肠

历经风雨心犹在

承前启后谱新章

千难万险何曾惧

苦尽甘来岁月芳

歌舞夕阳情未了

意气风发再起航

雪

早闻寒潮蹒跚来

西风雪横窗前飞

难得清冽好空气

扫除雾霾志在心

尽兴庭院满街拍

随拍发微好景美

久违少年雪中情

那片雪花当年景

说　雪

黎明你说燕京雪

细细密密色朦胧

晨曦我说长安雪

呼啸声中雪横野

千里山河银装裹

晶莹雪花皆欢乐

舞之蹈之都成影

借片雪花作信鸽

逗　雪

密织初雪楼宇间

绿袄红巾笑语声

纤手捧雪乐欢卿

十万雪片做雪人

莹莹晶眸忆当年

无际新雪印两行

眼前高楼障目近

徒留思绪随风去

雪　泥

满街泥泞雪殇残

随车飞溅上路台

城市泥浴无处躲

少见一树挂雪皑

层楼林立大窗外

泥点涂抹作点缀

难得一阵好清冽

天空蔚蓝神怡在

2016 年 11 月 12 日　晴　星期六

咏　怀

序　言

一代人心底藏着独特的记忆

矗立着属于自己的丰碑

那是后人来此缅怀的圣地

我们在思索

用什么来铸就我们

又以何种功勋，供后人追忆？

年少的我们，如同夜空的流星

燃烧着，划过璀璨的轨迹

却将在茫茫宇宙中渐渐隐去

我们能否如陨石般留下

在纪念馆的角落，静静地躺着

向世人讲述，那段不凡的经历

我们也是历史长卷中的篇章

身上闪耀着时代的印记

后来者啊，你能否感受到我们的痕迹？

一代人的使命与担当

历史的使命，时代的担当

为了缓解都市生活的繁忙

为了引领青年人的热情与冲劲

为了让我们在挑战中锻炼与成长

这是先辈们曾探索的道路

也是新一代青年，必须经历的锤炼与考验

更是为了提升乡村的智慧水平，为其注入都市的新思想

为了国家的繁荣稳定，铸造起坚实的支柱

不论青年们肩负着何种期望

这群心怀梦想的年轻人

背起行囊，哼着青春旋律，毫无畏惧地前行

我们立志扎根于田野，全身心投入建设

无怨无悔，只为追寻那心中的理想与信仰

有人说，这是从异域借鉴的智慧

是胜利之后，前行路上都会遭遇的挑战

不同的国家，不同的青年，都有着相似的探索

都面对过困境，也积累过经验

而经验的累积，并非来自困境

而是需要我们去深思，去探寻新的方向

这一代青年，虽经历了风雨

但我们也为国家培育了无数的杰出人才

我们的奋斗与奉献，源于对这片土地和人民的深沉情感

这段历程，既是经验，也是难得的宝藏

它提醒我们，要珍视每一代人的拼搏与付出

为了国家，为了家园，我们必须满怀希望，勇往直前

寻找出路

青年，作为拥有一定知识基础的一代

我们的思想自然是活跃且深邃的

即便只是初步在知识的海洋里遨游

在乡村，我们经历了无数的挑战与艰辛

肉体的疲惫或许能忍受

但心灵的空虚，那才是真正的煎熬

老一代革命者

从无知中摸索，逐步积累知识

最终树立起坚定的理想与信仰

并为之奋斗不息

而这一代的青年，已有了基础的知识

但知识体系尚未完善，渴望进一步学习

然而，在学习之路被中断时

我们陷入了迷茫，仿佛被放任自流

在迷茫中，却寻找着出路

我们并不甘于沉寂，不愿被遗忘，不愿随波逐流

我们努力争取自己的权益，追求自己的生活方式

在中国历史的洪流中

尽管有众多书写这些奋斗故事的文学作品

但真正带有历史印记的作品仍然难以呈现

这或许是由我们的命运所决定的

青春岁月的社会纽带

那一代青年，并非孤岛般存在

而与国家紧密相连

家庭的期望与无奈交织其中

又与乡村的农民有着千丝万缕的联系

时代的需要

走向田野，与土地为伴

尽管历史已有定论

但那段岁月，仍是生命中无法抹去的痕迹

家庭的牵挂，始终如影随形

家长们为孩子的未来殚精竭虑

每个家庭都在寻找出路

希望为孩子铺就一条平坦的道路

我们并非土地的儿女

却在这片土地上留下了深深的烙印

每个青年都肩负着一个家庭的期望

它深深地烙印在了每一个人的心中

奋斗者的家国情怀

我们曾挥别田野的怀抱

带着对国家的深情，踏上归途

心中满载着希望与憧憬

将青春献给祖国，为梦想而奋斗

回到都市的喧嚣，也不曾迷茫

因为家国情怀，早已铭刻心上

我们积极投身建设，为国家的繁荣贡献一份力量

用智慧和汗水，书写着新时代的华章

学业、事业、家庭，样样兼顾

我们努力平衡，不断追求卓越

为了国家的未来，为了家人的幸福

我们勇往直前，无惧任何挑战与困难

我们心怀感恩，深知国家的培养与关怀

将个人梦想融入国家的发展大局中

用实际行动回报社会，传递正能量

是时代的楷模，是国家的骄傲

爱国爱家，是我们不变的信念

为了国家的繁荣昌盛，我们不懈努力

为了家庭的幸福美满，我们奋斗不息

用实际行动，诠释着家国情怀的真谛

肩负着国家的希望与未来

用青春和热血，铸就了不朽的传奇

是家庭的顶梁柱，更是祖国的脊梁

青春的奋斗曲

青春岁月，热情如火
我们响应时代的号召
在时代的洪流中，奋勇前行
为了国家的强大，不惧风暴

广阔的田野，成为我们的新家园
与农民并肩，汗水洒满大地
虽然艰辛，却心怀希望
为了国家的繁荣，我们无怨无悔

我们学会坚强，学会担当
在田野的阳光下，我们茁壮成长
无论城市还是乡村，都是我们的舞台
为了梦想，我们奋力飞翔

我们深爱着祖国，也深爱着家

为了家人的幸福，我们努力拼搏

青春的奋斗曲响彻云霄

我们是时代的"弄潮儿"，勇往直前

青春岁月的文化印记

在那段特别的青春岁月

我们这一代人汇聚了梦想与热情

历经磨砺与洗礼

我们逐渐融入社会

描绘出那段鲜为人知的成长历程

早期的创作，细腻地刻画了我们的青春生活

在阳光雨露的滋养下

我们茁壮成长，肩负起时代的重任

随着时间的流转，我们的笔触转向生活的挑战

专注于自身的感受与奋斗

在那片广阔的土地上，我们学会了坚强与担当

为了梦想，我们勇往直前

这里也是我们共同的精神家园

我们与伙伴并肩作战，共同成长

那些日日夜夜的努力与汗水

铸就了我们不屈不挠的品格

随着时间的推移，我们更加珍视那些经历

从挑战中汲取力量，从成长中汲取智慧

我们热爱生活，热爱这片土地

为了美好的未来，我们不断前行

我们怀揣梦想，勇敢地面对困难与挑战

我们珍惜青春，不负韶华

用热血与汗水书写着属于我们的篇章

为了祖国的繁荣与家人的幸福而努力拼搏

那段岁月，留下了我们青春的印记

无须过多的言语来诠释

它已深深烙印在我们的心中

激励着我们不断前行，创造更加辉煌的未来

我们爱这片土地，用热爱浇灌每一寸土地

我们用青春与热情，为祖国献上最诚挚的祝福

为了祖国的明天更加美好

我们将不懈努力，奋斗终生

那些年的乡村记忆

那些年的经历，如影随形，难以忘怀

乡村接纳了那么多年轻的身影

对那些初来乍到的年轻人

村民们没有排斥，反而是以宽容的胸怀迎接他们

他们腾出了自家的房屋给年轻人居住

耐心地教授如何使用农具，传授耕种的技巧

在孤寂的时光里

田间地头的欢声笑语也温暖了大家的心房

那段在乡村的日子，是岁月无法抹去的一部分

乡村是否有不美好的记忆？

或许有，但那绝对是少数

年轻人的乐观精神是不允许这种情况持续存在的

即使在动荡的岁月里，也始终恪守着内心的底线

虽然人已离去，但乡村的记忆仍旧深深留在心中

这就是为什么时隔多年，大家仍然愿意结伴重返那片土地

曾经觉得艰辛的地方，如今回忆起来却充满了温馨

甚至连曾经的小过失，都成了可以释怀的话题

在那片曾经洒下汗水和泪水的土地上

留下了我们无法磨灭的记忆

乡村面貌的焕然一新让我们由衷欣喜

乡村依然存在的困难也让我们感同身受

我们或许无力改变现状，但可以提供一些建议和帮助

对于我们这些曾经在那里生活过的人来说

乡村的意义非凡

乡村并非炼狱，无须用阴暗的眼光去看待

乡村也并非乐土，同样不需过度美化

我们也并非超凡脱俗的存在

我们的命运与那个时代紧密相连

无论悔与不悔都是后话

经过岁月的沉淀与反思，我们已不再稚嫩

那些煽情的言辞已无法打动历经沧桑的心

更别提讽刺与嘲笑

那一代人的记忆与光芒

那一代人，如今大多已步入晚年

或在家中享受天伦之乐，或在公园广场翩翩起舞

或在熙熙攘攘的农贸市场讨价还价

偶尔相聚，回忆往昔，感慨万分

他们善于在平凡生活中找寻快乐，享受每一刻

他们深知生命的轨迹不可逆转

那些逝去的时光与机会，再也无法找回

但他们也珍视自己努力争取来的一切

那些艰难岁月中的奋斗与收获，都是他们宝贵的财富

面对时代的变迁，他们勇敢地承担起责任

在单位、家庭中，他们都成了不可或缺的中坚力量

虽未成为伟大的人，但他们用自己的方式

哺育了下一代，将年少的梦想寄托在孩子们身上

回首过去，风雨兼程，他们一路坎坷地走来

付出了努力，也找到了属于自己的幸福

如今，他们被誉为最快乐的一代人

因为他们懂得珍惜当下，把握住了生活中的每一份美好

他们的经历丰富多彩，也带着些许沉重

那些深刻的记忆，似乎总是难以抹去

但现实与过往的交织，也让他们更加珍视现在

虽然心里的那道坎难以逾越，但他们依然勇往直前

那一代人，如同流星般划过天际

即使终将消失于茫茫宇宙，也要绽放出最灿烂的光芒

他们的名字，将如同陨石上的铭文

永远被镌刻在历史的长河中，熠熠生辉

2016 年 12 月 10 日　晴　星期六

游　历

一

一入版纳境

碧水环青山

举目皆青翠

吊桥横挂天

壮游山水间

指间留倩影

勤勉奋终生

余晖映锦峦

二

骨中若非藏艳质

岂敢秋日斗枫红

画苑风光虽易老

独株红枫映秋浓

三

四十年后回望时

历史长河波澜起

执笔书写新时代

讴歌祖国好风光

盛世繁华今又现

国泰民安万家欢

当年历练成往事

青春岁月已翻篇

知青岁月铸精神

奋斗历程多璀璨

文人志士齐奋进

共筑中国梦翩翩

洪流激荡向前行

祖国昌盛展新颜

新政频出惠民生

万众一心共发展

清明时节祭英烈

烈士精神永承传

华夏儿女齐努力

兴邦立业展宏图

爱国爱家情深厚

共筑美好新未来

心怀感恩向前进

祖国强盛我骄傲

2017 年 4 月 20 日　阴　星期四

追忆十八岁

岁末时，朋友圈里晒青春
十八岁那年的青涩脸庞
一时间，网络充满了怀旧风
我也曾寻找，那年的我
看着相册的空白处，思绪飘向远方

十八岁那年，我在农村的广阔天地里
与天地斗，其乐无穷
虽然未留下照片作为回忆
但那段时光，刻在我心里

青春岁月，如河水般清澈流淌
捞小鱼、捕小虾，快乐无边
每一道山坡，都留下了我们的足迹
每一滴汗水，都浇灌着希望的花朵

我们住在西坡的院子里

出门便是连绵的山坡

虽然爬坡耗时耗力

却也锻炼了我们的意志和体魄

十八岁的青春，献给黄土高原

我们开沟挖渠，引水灌田

无缝钢管、柴油机和水泵

都是我们改变命运的武器

春种一粒粟，秋收万颗子

我们学会农活，身板变得强壮

劳动的成果，让我们自豪

即使面对未来的渺茫，也充满希望

匆匆那年，十八岁倏然而逝

但青春的热血，永存于我们心中

跟着星星出工，披着月亮回村

我们学会了担当，也学会了追梦

现在的我们，已不再懵懂

但十八岁的经历，如同宝贵的财富

激励着我们前行，不断追求卓越

因为那是我们，最纯真的青春岁月

2018 年元旦　阴　星期一

纪念青春

序

岁月匆匆，时代变迁
青春如歌，梦回当年
我们曾是热血青年
投身建设，不畏艰难

时光荏苒，五十年已过
忆往昔峥嵘，豪情满怀
那些日子，虽苦犹甜
激情燃烧，无悔青春

我们曾一起战天斗地
汗水洒满广袤的田园

每一份努力，都化作丰碑

铭刻着我们的坚忍与奉献

如今的我们，已白发苍苍

但内心依旧，火热如焰

家国情怀，深植心间

对这片土地，爱得深沉而缠绵

我们无须他人的赞言

自己的价值，自己最了然

夕阳余晖

映照着我们的脸

那是岁月给予的

最好的奖赏与冠冕

我们走过的路，曲折蜿蜒

但每一步都坚定，无悔无憾

我们为国家，默默奉献

每一份付出

都是对祖国的誓言

岁月如歌，青春不老

我们的心，永远年轻热烈

让我们携手，共逐梦想

珍惜当下

不负韶华，不负岁月

一

岁月流转，沉淀过往的痕迹

我们曾经历风雨，却依旧心怀阳光

那些日子，我们奔赴广阔的天地

用青春和汗水，书写着奋斗的篇章

我们离开城市的喧嚣，拥抱自然的宁静

在田野间播种希望，收获成长的果实

我们珍惜每一粒粮食，感恩大地的馈赠

用双手创造美好，让梦想在这片土地上生根

我们传播着文明之光，点亮农村的希望

在劳动中感悟生活，了解农民的诉求和坚守

虽然资源有限，但我们心怀理想，勇往直前

用智慧和力量，为这片土地带来希望

我们深爱着这片土地，深爱着我们的家园

无论时光如何流转，这份情感永不改变

我们用青春和热血，谱写着爱国爱家的赞歌

让这份深厚情意，永远镌刻在心间

岁月如歌，青春无悔，我们一直在路上

用汗水和智慧，浇灌着这片希望的田野

我们相信未来，相信梦想的力量

在这片广袤的土地上，我们将继续前行，创造辉煌

二

曾经，我们匆匆离开了那片田野

像是一场无言的逃离

心中只有对城市的向往

梦想似乎已在乡村无法寻觅

于是，我们背起行囊，踏上了归途

然而，时光流转，岁月如梭

心中的那份乡村情怀

却始终难以忘怀

我们再次踏上那片熟悉的土地

寻找那些失落的记忆

乡村的景致依旧，却多了份沧桑

那些我们曾经奋斗过的足迹，却依然清晰可见

乡亲们的笑容依旧纯朴

他们的关怀与帮助，让我们倍感温暖

我们重返乡村

不仅是为了拾起那些逐渐淡忘的记忆

更是为了重新审视自己的初心与使命

虽然时光已经改变了我们的容颜

但那份对乡村的热爱与牵挂，却始终如一

如今的我们

或许有了更多的成就与收获

但乡村的振兴与发展

仍然需要我们共同的努力

让我们携手并肩

为乡村的未来贡献自己的力量

让那片曾经养育我们的土地

焕发出新的生机与活力

重返乡村

不仅是对过去的回顾与缅怀

更是对未来的期许与憧憬

让我们用积极向上的态度

去书写乡村新的篇章

用我们的行动

去诠释爱国爱家的深刻内涵

三

苦难的过往，不再是负担

而是青春岁月中，一段独特的经历

知青们的故事，如今已化作歌谣

在历史的长河中，轻轻回响

我们曾共赴广袤的田野

用青春的汗水，浇灌希望的种子

虽然环境艰苦、劳动繁重

但我们的心中，依然充满希望的光芒

我们曾在红旗下呐喊

为了理想，我们奋不顾身

虽然曾经迷茫，曾经失落

但我们的灵魂，依旧燃烧着火焰

我们曾背起行囊，奔赴远方

在广阔的天地里，追寻自己的梦想

虽然青春蹉跎，时光流逝

但我们的心，依然怀揣着希望

跨世纪的风雨，洗礼了我们的岁月

但我们的心，依然年轻而坚强

买房的纠结，对孙辈的牵挂

都是我们生活中，甜蜜的负担

我们聚在一起，回忆过去的岁月

虽然苦难重重，但我们从未被打败

我们用歌声，纪念那段青春

用笑容，迎接未来的阳光

国家的发展，离不开我们的付出

虽然过去有遗憾，但我们依然满怀信心

我们爱国爱家，珍惜当下

为了美好的未来，继续努力前行

四

我们曾踏入那片田园
带着城市的喧嚣与期盼
疑问在心中泛起涟漪
我们的贡献，是否有人看见？

在那片如文化沙漠般的村落里
我们如春雨，滋润了文化的种子
虽然初来乍到，臂膀尚显稚嫩
却为这片土地，带来了知识的光辉

原始的劳作，碰撞着变革的火花
我们带来的，不仅是优良的种子
更有新的思维，与世界开始接轨
悄然间，农村的面貌开始转换

科学试验田，水利设施的兴建

以及与城镇的交流日益频繁

这些微小的改变，如星火燎原

为农村的明天，奠定了坚实的基础

我们或许未曾察觉这些变迁

忙于专注自身的命运与前途

但潜移默化的影响，已然深远

我们与三农，早已紧密相连

我们的贡献，或许难以量化

但在那片田园，已留下深深的烙印

文化的种子，在这里生根发芽

青春的力量，已悄无声息改变了这片土地

五

那个时代，青年肩负重任

历史环境，铸就特定一代

时空背景，虽复杂多变

但我们的位置，始终坚定不移

我们不是盲从，而是响应号召

以极大的热情，投身于广阔天地

不是无知，而是怀揣梦想

与农村结合，追寻人生的价值

我们为国家分担忧愁

承担责任，无怨无悔

虽然道路单一，选择有限

但我们的付出，已为国家发展贡献了力量

农村条件艰苦，不言而喻

但我们咬紧牙关，奋发图强

创业精神，贯穿始终

为新中国的发展，添砖加瓦

我们与农民融为一体

虽然各不相同，但目标一致

以自己的行动，影响着农村

为农村的变革，打下坚实的基础

那一代人，拥有大义精神

为民族复兴，贡献青春力量

我们的故事，值得铭记传颂

青春之歌，永远回响

六

那一代人，故事永存

在拼搏的岁月里，梦想曾暗淡无光

失去的课堂，急切地寻回

晨曦下、书桌前，篇章在脑海回响

教室的灯光，亮至深夜不熄

对知识的渴望，从未停息

那一代人，如此走过青春的岁月

在工作的间隙、劳动的余暇、生活的点滴中不断学习

失去的，不仅是那段流转的时光

更有那份纯真的欢笑，和无拘无束的梦想

那一代人，是时代的桥梁

连接着过去与未来，先辈的足迹，由他们铭记

新的征程，他们勇敢开创

国家建设日新月异，他们身先士卒

直面挑战，迎难而上，不负韶华

在历史的长河中，留下了独特的印记

在机遇与挑战并存的道路上

奋力前行，不断超越

如今，那一代人，已步入古稀之年

历史的云烟，已渐渐散去，但回忆依旧清晰

没有沉溺于过往的苦难

而是选择继续前行

用微笑面对生活的风风雨雨

当往事成为回忆，快乐成为生活的旋律

为自己而活，绽放出独特的魅力

那一代人的故事，或许将被渐渐遗忘

但他们的精神将永远照耀后来者的道路

那一代人，用行动诠释了什么是责任与担当

用奋斗书写了无悔的青春篇章

那一代人，爱国爱家、心怀天下

在夕阳的余晖中，他们回望过去，展望未来

永远激励着后来者前行

2018 年 5 月 2 日　晴　星期三

扶　贫

贫困如影，笼罩在家家户户的心头

家境贫寒、生活艰辛、环境恶劣

路途艰难、学问遥远、希望渺茫

倘若这是命运的安排，我们或许只能低头

但内心那股不甘的火焰，从未熄灭

无论命运的磨难如何阻挠

我们仍向朝霞祈祷，期待太阳的升起

朝霞的照耀，无关富贵与贫穷

思想的远方，是扶贫的伟大航程

这是良心的工程、是系统的筹划、是国家的意志

是向贫困宣战的旗帜、是彰显社会主义的初衷

贫穷不仅在于物质，也在于思想与学识

陈旧的耕作模式，无法改变命运的枷锁

我们为祖国的建设付出了所有

却在市场的巨浪中，感到陌生与惶恐

大山、荒漠、边疆、山梁、沟壑

这些是生活的场景，也是扶贫的战场

末梢神经或许被堵塞，或许被截肢

但扶贫的春风，将温暖每一个寒冷的角落

老旧式的扶贫，如同施舍般的雪片

但太阳一出，便融化成冰凉的水滴

然而，新的扶贫方式如石子投入大缸

激起的水花，给贫困户带来了新的希望

扶贫的精准到位，是明确的要求

农业、农村、农民

是现代化的力量，也是摆脱贫困的主力

共同构筑这条脱贫之路

让我们携手并进，在这条扶贫的道路上

用希望点燃希望，用力量传递力量

让贫穷成为过去，让富裕成为未来

在社会主义的大道上，共同迎接漫天的朝霞

2018 年 7 月 14 日　阴　星期六

第二故乡

我们曾走过乡间的小径

翻越了重重山峦

寻找着人生的新篇章

总是在不断地探索

不断地走出去

而内心深处

始终为第二故乡的乡愁留有一席之地

每当疲惫、失落

思乡的情怀便涌上心头

这时，我们会带着一身的风尘与经历

回到那片熟悉的田野

去抚慰那受伤的心灵

故乡，总是那么宽容

总是以温暖的怀抱迎接我们的归来

然而，人生不止有故乡的温柔

更有奋斗与梦想

这里的山水滋养了我们

人文历史熏陶了我们

我们在这里挥洒青春、施展才华

也在这里，结识了新的朋友

开启了新的生活篇章

第二故乡，人际关系简单明了

少了份世俗的羁绊，多了份真挚的情感

同窗的欢声笑语，同事的默契配合

构成了我们人生中难以忘怀的美好记忆

当然，第二故乡也有其独特的挑战

与地方的融合需要时间的沉淀

需要真诚的付出

有时，或许会遭遇误解与隔阂

但这也是生活的一部分

是成长路上必经的风景

在第二故乡的怀抱里

我们见证了人生的多彩与变幻

有人追逐梦想，有人坚守初心

每个人都有着自己的故事

有着自己的奋斗目标

闲暇之余，我们喜欢聆听民间的故事与传说

感受这片土地上的人们对生活的热爱与憧憬

虽然有时会有困惑与迷茫

但更多的是对未来的坚定信念与美好期待

岁月如梭，在第二故乡的日子里

我们收获了无数珍贵的经历

有人在这里找到了属于自己的舞台

有人在这里实现了梦想

这片土地见证了我们的成长与变化

也承载了我们的欢笑与泪水

我想说，无论走到哪里

在第二故乡的经历

都将永远铭刻在心

它们是我们人生旅途中的宝贵财富

让我们怀揣着感恩与希望

继续前行在人生的道路上

2019 年 3 月 24 日　晴　星期天

青春的篇章

春日的暖阳里

有一段属于他们的故事

那是一群年轻人

他们有一个共同的名字——青春

他们的岁月分为两个阶段

如同一部小说的上下篇

上篇是梦想的启航

下篇是现实的挑战

在梦想的启航阶段

他们满怀激情、扬帆启航

那时的他们，如同星辰般璀璨

每个人都拥有着自己的光芒

他们的光芒曾照亮了一代人的前行之路

然而，岁月流转，梦想与现实交会

青春的下篇被各种挑战所笼罩

他们开始面临生活的压力、社会的变迁

但即使在困境中

他们依然保持着那份坚强

用青春的力量，去迎接每一个挑战

有人或许会问

为何在中国的文化长河中

没有留下他们浓墨重彩的一笔？

其实，他们的故事已经深深烙印在

每一个经历过那段岁月的人心中

他们的奋斗、坚持

已经成为青春最好的注解

他们是在变革中成长的一代年轻人

他们走的道路

是探索、是奋斗、是不断超越自我

他们或许

对社会的了解还不够深刻

但他们用充满青春的热情和勇气

去尝试、去挑战、去创新

随着时代的变迁

他们要面临更多的挑战和困境

但无论生活再怎么艰难

他们都没有放弃对梦想的追求

一部分人通过努力走进了大学的殿堂

成为社会的精英

而大部分人则踏入了社会的各个领域

用他们的双手创造着美好的生活

如今，当他们回首往事时

可以自豪地说

我们的青春没有虚度！

他们用实际行动诠释了青春的意义和价值

他们的故事已经成为青春最美的回忆

历史的长河中总是充满了各种挑战和变革

而青春就是面对这些挑战和变革最好的武器

他们用青春书写了自己的故事

也留下了独属他们那个时代的印记

虽然他们的故事没有被广泛传播

但他们依然是国家的中坚力量

让我们铭记这段青春的篇章

让我们珍惜每一个青春的瞬间

因为青春不仅是一段时光

更是一份责任、一份担当、一份对未来的承诺

2019 年 4 月 29 日　晴　星期一

青春的脉络

引 子

中国，这片古老的土地

以农耕文明铸就了其深厚的底蕴

历史长河中，农业始终是国家之根本

忽视它，便会天翻地覆

人类开始思考之时

祭祀文化便已悄然形成

人们祈望风调雨顺、五谷丰登

从皇家到民间

无不体现出对大自然的敬畏与对农业的依赖

中国古代农业科技

曾一度领先世界，熠熠生辉

那些古老的农具

至今仍在田间地头辛勤耕耘

见证着农耕文明的传承与发展

时光荏苒

现代科技的浪潮汹涌而来

农业发展却一度步履维艰，创新乏力

幸而新世纪伊始

科技之光重新照耀农田

从种子改良到水利建设

从农机更新到大农业观念革新

中国农业终于迎来了崭新的发展阶段

回首往昔，我们不禁感慨万分

那些曾为农业文明创造辉煌的知识分子们

他们的智慧与汗水铸就了璀璨的农耕文化

在那个相对封闭的时代

他们自主研发、生产，满足了农业生产的需要

却也使得农业文明在某种程度上停滞不前

未能孕育出现代农业的萌芽

历史总在前进

如今的中国农业已站在新的起点上

正以前所未有的速度迈向现代化、科技化

让我们铭记历史、珍惜当下、展望未来

共同书写中国农业新的辉煌篇章

断裂的梦

在古老的华夏

那个滋润田野、哺养生灵的时代

总是演奏着繁荣与和谐的乐章

人们笑语盈盈、生活宁静

而当贪婪与掠夺笼罩

便是风雨交加、百姓哀鸣

有人曾轻吟，碗中粒粒饭，皆由辛苦换

历代的智者，都深知农业之重，粮仓之稳

为何那时的少年，要踏上陌生的乡土？

或许是为了探索那未知的领域

或许是为了追寻心中那份遥远的梦

田野间的希望，如同初升的朝阳

但随着时间的流逝，它开始逐渐暗淡

那曾怀揣梦想的少年

在岁月的长河中

慢慢感受到了现实的沉重

当黑夜降临，星光也变得微弱

但即使如此，他们仍寻找着那一丝丝的光明

社会的浪潮中，有太多的选择和诱惑

他们努力避开那条看似艰难的道路

却把那份坚忍留给了那些依旧在田野间奋斗的青年

时光荏苒，当昔日的梦想与现实产生裂痕

当那份执着变得沉重，他们选择了转身

不是放弃，而是为了更好地前行

去寻找那片真正属于自己的天空

岁月如梭，那些曾经的过往

如今已成为心中最珍贵的宝藏

虽然梦想曾破碎，但希望永远不灭

在未来的日子里，他们将继续追寻那遥远的梦

重生的岁月

回归城市，抚平了那些曾经漂泊的心灵

那些曾经的挑战与困扰

如同皮肉之伤，已然愈合

然而，时光流转中失去学习与成长的黄金时期

在归来后显得尤为珍贵，让人心生向往

社会的洪流中，人们选择了不同的道路

有的人通过努力，跨入了学术的殿堂

从此改变了自己的人生轨迹

而更多的人，则在社会的浪潮中摸索前行

面对工作的转型与挑战

他们选择了勇往直前

这一次的变迁

对每个人而言都是一次洗礼

重新出发并非易事

却也充满了无限的可能

许多人在这个过程中暂时陷入了低谷

但他们并未放弃

而是努力在社会中寻找属于自己的位置

与农村的兄弟姐妹们相比

他们或许缺少了那份紧密的团结与互助

但在城市中

他们依然可以独自闯出一片天地

即使面对种种困难

他们也始终保持着对生活的热爱与向往

退休之后

他们拥有了更多的时间与精力

去回味那些过去的岁月

去感受那些曾经的喜怒哀乐

他们是那个时代的见证者

是那段历史的亲历者

他们的经历如同一幅丰富多彩的画卷

记录了那个时代的点点滴滴

然而，历史并不仅仅是苦难与挫折

更是一次次的重生与蜕变

他们不仅承受了那个时代的压力与挑战

更在那个时代找到了自己的价值与意义

他们是坚韧不拔的斗士

是勇往直前的探索者

他们用自己的人生诠释了那个时代的精神与风貌

如今，他们已然老去

但那段岁月却永远铭记在心

他们背负着那段历史，却从未被现实所压垮

反而更加珍惜现在的生活，更加热爱这个世界

因为，他们知道

只有不断前行

才能创造更加美好的未来

命运的旋律

在那段时间，年轻的心跃动着激情

背负着梦想，他们踏上了未知的旅程

不是追逐风中的云彩，也不是迷恋水中的月影

而是为了心中那份不灭的憧憬

初出茅庐的少年，面对生活的挑战

他们彷徨，也曾迷茫，但从未放弃希望

在陌生的土地上，他们学会了坚忍

用汗水和泪水，浇灌着梦想的花朵

岁月流转，时光荏苒，他们逐渐成长

城市的霓虹灯下，也有了他们追逐的身影

虽然陌生与熟悉交织，但心中的火焰从未熄灭

他们用自己的方式，谱写着青春乐章

无数个日夜的努力，换来的是精湛的技艺

他们在各行各业中，展现着才华与魅力

那些曾经失去的，如今在汗水中——找回

他们用实际行动，证明着自己的价值与能力

求知的渴望，让他们再次捧起书本

在知识的海洋中畅游，汲取着智慧的养分

五大学府的应运而生，为他们的梦想插上了翅膀

他们在学习中飞翔，向着更高的目标迈进

或许他们不是领军人物，或许他们没有显赫的身世

但他们的坚忍与努力，却是这个时代最美的风景

在实现梦想的道路上，他们走得坚定而有力
用自己的方式，诠释着青春的意义与价值

今天，他们依然在路上，追逐着心中的梦想
不畏艰难，不惧挑战，勇往直前地奋斗着
他们的故事，激励着更多年轻的心
在青春的舞台上，绽放出属于自己的光彩

青春新篇章

那一段岁月已然翻页
用青涩的笔尖描绘了过往的篇章
田野间的风，不再只是昨日的吟唱
而是新时代青年心中的梦想与希望

乡村的田野，依然辽阔无垠
但已不再是需要盲目耕耘的土地

如今，它渴望着知识的雨露

期盼着科技的阳光，让丰收更加丰盈

青年们，他们踏着坚实的步伐

带着智慧与热情，走向这广袤的天地

他们不是过客，而是新的开拓者

用科技的钥匙，打开农村发展的门扉

他们研究土壤与种子

探寻增产与优质的秘密

他们运用市场与管理的智慧

让农产品走出大山，走向世界

面对贫困与落后，他们不退缩

用精准扶贫的行动，点亮每一个角落

他们不是救世主，而是同行者

与农民并肩，共创美好的未来

虽然那一段历史已经远去

但青年的使命与担当从未改变

他们续写着变革的篇章

让乡村焕发出新的生机与活力

这不是一朵奇葩

而是新时代青年奋斗的足迹

他们用行动诠释着责任与梦想

在乡村的大地上，绘制出最美的画卷

田野新颂

田野的呼唤，回荡在辽阔的天边

红线之外，是无尽的海洋与蓝天

饭碗稳稳端在自己手里

改革之风，正悄然吹过这片土地

曾经温饱的守护者

如今却难以满足新时代的渴求

农村的面貌，期待新的画笔

大农业的道路，指引他们前行

科技之光，照耀着每一寸土壤

机械化的歌声，响彻田野的每一个角落

高效、精细，是他们新的追求

多种形式、综合运用，开启农业新篇章

那些曾经熟悉的村庄

如今已是新时代的模样

青壮年的流失，不再是忧伤

新的力量，正在这片土地上成长

他们牵挂的，不再是自身的苦难

而是这片土地的未来与希望

科技的力量，将引领他们前行

为了更美好的明天，他们共同努力

田野里的新颂歌，正在唱响

那是对未来的期许与向往

在这片辽阔的土地上

他们将书写新的传奇与辉煌

2019 年 10 月 25 日　阴　星期五

春日怀古（中华新韵）

芳草青青映日辉

洪流滚滚向东归

山川壮美精神在

人物风流强劲威

追忆往昔怀故地

且看今朝展宏图

阳春布德生机满

共待功成笑语飞

2019 年 11 月 30 日　小到中雨　星期六

时代的印记

岁月的磨砺

说起那些年的磨砺，心中泛起涟漪

不是泪水，是对青春的追忆

我们曾走过的路，如今回首望去

有坎坷，有荆棘，也有难忘的风景

我们错过了学习的黄金时期

在最应该汲取知识的年纪

却与书本渐行渐远

但心中的求知欲，从未熄灭

梦想被阻断在广阔的天地里

我们的灵魂曾在那片土地上游荡

看世界的窗口被局限在大山、草原

却阻挡不住我们对外面世界的向往

社会的磨砺，让我们承受了太多

有人逃避、有人沉沦，也有人选择抗争

每一个决定，都铸就了不同的人生

但我们的心中，始终燃烧着希望的火种

在最美好的年华里，我们经历了太多

爱情的萌芽在心中悄然生长

虽然前路未知，但我们依然勇敢前行

用青春的热情，去追寻那份真挚的情感

我们曾对世界充满好奇与期待

初见异域风情，我们惊叹不已

虽然有时感到自卑与迷茫

但我们始终坚信，未来属于我们

面对不同的文化

我们曾感到迷茫与无助

但正是这些经历，让我们更加坚定

要为自己的梦想和未来而奋斗

那些年，我们经历了太多的苦难与磨砺

但也正是这些经历，让我们更加坚强与勇敢

我们承担起了时代的重任，为国家付出

用我们的智慧和力量，去创造更美好的未来

虽然我们已经走出了那个时代

但那些年的印记，依然刻在我们的心上

我们不会忘记那些苦难与磨砺

因为它们塑造了今天的我们，让我们更加珍惜现在的生活

时代的奋进

1977 年的冬季，风雪中飘来一纸试卷

那场考试，开启了无数梦想的航程

精英们迈入高等学府，知识的殿堂

而更多的人，选择了不同的路，奋斗前行

五大学府敞开怀抱，迎接求知的目光

电大、职大、夜大、函大、业大

它们铸就了无数桥梁，连接现实与梦想

每一张毕业证书，都是奋斗的见证，闪耀着光芒

那时的我们，面对困难与挑战

头痛欲裂，却从未言弃，坚持向前

年龄渐长，问题交织，但意志如钢

我们挺过了艰难，通过了岁月的考验

城市的工作，虽然繁重却有规律

建筑、环卫、军工……各行各业都有我们的身影

劳动强度虽大，但我们从未退缩

因为心中有梦，所以无惧任何风雨

那时的我们，谈恋爱也匆匆忙忙

没有时间如胶似漆，只有共同为之奋斗的理想

工作、学习、家庭，重重压力在肩

但我们从未被压垮，因为我们有着坚强的脊梁

回望那段时光，虽然没有惊天动地的事迹

但我们用自己的方式，为时代贡献了力量

我们承上启下，联结过去与未来

不负国家、不负自己，我们是时代的奋进者

时代的使命

穿梭于城市与田野，我深感生活的多彩与变迁
每一份工作，都如同璀璨的星辰，照亮前行的道路
那些年，科研的殿堂里，前辈们在默默耕耘
他们的身影，虽显疲惫，却闪耀着智慧的光芒

我们踏入这科学的海洋，浩渺无边
心中满是敬畏，却也充满了对探索的渴望
基础知识、专业技能，如同宝藏等待我们去发掘
日日夜夜，我们沉浸在知识的海洋里，不知疲倦

工厂的机器轰鸣，青年工人们热情如火
虽然起步晚，但我们的心中，依然有着最初的梦想
技能从零开始，我们不怕困难，勇往直前
几年后，我们已成为中坚力量，肩负起时代的重任

其中有些人成了科学家、经济学家

但我们中更多的人在普通岗位上奋进

为社会打下了坚实的基础，我们深感自豪

我们明白农村的艰辛，理解农民的付出

当国家需要反哺农业时，我们义无反顾地投身其中

乡镇企业如雨后春笋般涌现，农村焕发出新的生机

虽然问题重重，但那是我们探索富裕之路所做的尝试与努力

当农民工大军拥向城市，我们亦深知他们的不易

尽己所能，为他们提供帮助与支持

如今回首过去，我们无愧于时代赋予的使命

我们用汗水和智慧，书写了属于自己的辉煌篇章

无论未来如何变迁，我们都将怀揣着梦想与希望

继续前行在探索的道路上，为这个时代创造更多的价值

岁月的歌谣

在岁月的长河中漂泊
我们曾感受过无尽的苦与乐
那些日子，不是荒芜，是真实的探索
是对人生、对梦想的执着

北大荒的风，吹过青涩的脸庞
我们在广袤的田野上，追寻着希望
身体的疲惫、精神的迷茫
都未曾将我们阻挡

我们点燃煤油灯，照亮寂静的村庄
在知识的海洋中，我们努力翱翔
虽然岗位不同
但我们的心，都朝着同一个方向

那些苦楚、那些挑战

如今看来，都显得如此微不足道

因为我们已经走过了那个时代

沉淀下来的，是坚忍与成长

岁月如歌

我们在这个时代舞台上，尽情演绎

无论未来有多少困难与挑战

我们都会勇往直前，无所畏惧

农村的天地，广阔而深邃

我们在这里，找到了自己的定位

虽然曾经的灯火已熄灭

但我们的心，依旧燃烧着希望

回首过去，我们无怨无悔

因为那些岁月，铸就了今天的我们

无论身在何处，无论走向何方
我们都会铭记，那段难忘的时光

时代的接力

在那个风起云涌的年代
一群群青年，满怀激情与梦想
走向广阔的田野
去追寻那生命的真谛与光芒

历史的洪流滚滚向前
时代的接力棒在他们手中传递
他们不是英雄，却承载着希望
在农村的广阔天地里，书写着青春的篇章

学习、奋斗、拼搏，是他们的主旋律

为了理想，他们不畏艰难，勇往直前

岁月的车轮滚滚向前

留下了他们坚实的足迹

他们吸收着外来的知识

融会贯通、化为己用

在改革开放的浪潮中

他们成为时代的"弄潮儿"，引领着风向

如今，新时代的青年已接过接力棒

他们具备全面的知识，肩负着新的使命

在美丽的农村，他们科学设计，精心建设

为了中国式的新农村，贡献着青春与智慧

这是一群普通而又不平凡的青年

在历史的长河中，他们留下了浓墨重彩的一笔

他们不是知青，却有着知青的精神与担当

为了这个伟大的时代，他们继续前行、再创辉煌

2020 年 1 月 13 日　多云　星期一

青春的足迹

青春的脚步，轻轻跃过时间的河流
我们曾质疑、也曾追寻，那曾经的梦
不是所有的路都铺满鲜花
但每一步，都烙印着我们的奋斗与执着

十年的旅程，仿佛一瞬间
青春的画卷，染上了斑斓的色彩
我们带着初学的知识，探寻未知的世界
在广阔的天地间，播撒文明的种子

那是一道微光，照亮农村的沉寂
给固有的农耕文明，带来新的冲击
城市的繁华与农村的宁静，在此刻交会
碰撞出思想的火花，点燃变革的希望

我们热衷于学习，渴求着知识

在独木桥上奋力前行，不惧风雨的洗礼

即使失落，也不曾气馁

因为心中有着不灭的火焰，燃烧着梦想与激情

我们见证了社会的变迁，承担了时代的责任

在艰难困苦中，我们并肩作战，共同成长

绿水青山的愿景，在我们心中生根发芽

为了更美好的明天，我们奋斗不息

青春的足迹，遍布大江南北

我们走过的路，有坎坷，也有辉煌

回望过去，我们无怨无悔

因为那些岁月，已铭刻在心底，成为永恒的记忆

我们是可爱的一代，拥有不灭的希望

即使岁月流转，青春依旧在心中闪耀

我们的故事，将永远传颂在这片土地上

因为那是属于我们的青春，属于我们的时代

2021 年 1 月 24 日　小雨　星期天

时代的步伐

我们走过的路，无须他人言说

那是我们独特的历程，是成长的印迹

随着时光的推移，我们并未消失在人群

而是在每个角落，绽放属于我们的光芒

我们共同铸就了多彩的文化

它广阔无垠，汇聚了各类思想和创意

时代的浪潮推动我们前行

每一步都记录着我们的勇气和决心

我们的故事，不仅仅是苦难的回忆

更是坚忍与希望的篇章，是对未来的期许

失落与困境，只是短暂的停留

我们始终相信，明天会更美好

社会在不断进步，我们也在前行

为了与时俱进，我们不断地学习和成长

那些过去的经历，如同宝贵的财富

激励着我们，勇往直前，创造新的辉煌

回望那些充满激情的岁月

我们为自己骄傲，为国家贡献力量

无论是对个人，还是对集体

我们的付出都是值得的，都有深远的意义

让我们重新审视自己的旅程

铭记那些挑战，珍惜那些收获

我们是时代的见证者，也是创造者

我们的故事，将永远闪耀着积极向上的光芒

时代的变迁

一个时代，铸就了一代人

在旧梦的破碎中，新的旅程缓缓展开

涌动的潮流，如同浩渺的江水

激荡着无数年轻的心灵，探寻着前行的道路

那时，青春如同烈火

燃烧着激情，也走出了迷茫

我们追随着内心的呼唤

踏上了寻找自我价值的征途

城市的繁华与喧嚣

曾让我们感到迷茫与无助

但广阔的天地在召唤

那里有属于我们的梦想和希望

我们走向了那片广阔的土地

去追寻那未知的远方

在那里，我们感受到了历史的厚重

也领略了传统文化的博大精深

那片土地，如同一位慈爱的母亲

用她的怀抱，温暖了我们的心灵

我们在那里成长，也在那里蜕变

从青涩的少年，变成了有担当的青年

回望过去，我们心怀感激

感谢那个时代，铸就了我们坚忍的品格

我们不再迷茫，也不再彷徨

因为我们找到了属于自己的方向

如今，我们依然在前行

用我们的双手，创造着美好的未来

那个时代的记忆，如同宝贵的财富

激励着我们，勇往直前，无所畏惧

城乡之间

城市与乡村，两个世界的交会

给青春的我们上了生动一课

广阔的田野，却无法成为我们舞台的中心

初尝农村的苦，是成长的必经之路

那些艰辛，对我们而言是挑战

但对乡村的儿女，只是日常的生活片段

我们与农民，仿佛两条平行线

总有一天，会回到各自的轨道

农民的纯朴与机智

在我们眼中或许被夸大，甚至被误解

但他们的真实却有目共睹

只是两个世界的差异，造成了彼此的隔阂

我们的到来，或许打破了乡村的宁静

带来了新鲜，也带来了冲突与碰撞

但请相信，这并非我们的本意

只是这青春的激情与探索，让我们有些迷茫

尽管如此，我们仍努力融入

学习农耕，体验乡村的生活节奏

渐渐地，我们理解了农民的辛劳

也感受到了这片土地的温暖与包容

回望过去，那段时光已成为珍贵的记忆

我们与农民，从陌生到熟悉，再到相互理解

城乡的反差，不再是隔阂与误解

而是我们成长路上，最宝贵的财富与经验

知识与乡野

在城市的学府里，我们汲取着知识的甘泉

带着些许机灵，走向那广阔的乡野

虽然农村的文化底蕴，不及都市的厚重

但我们怀揣着希望，想要点亮这片土地

然而，我们的光芒，在这片土地上逐渐暗淡

梦想与现实之间，出现了一道难以逾越的鸿沟

学习的机会难得，工作的前景渺茫

前进的方向，似乎也被迷雾所笼罩

但我们并未放弃，仍在迷茫中寻找答案

用我们的双手，去耕耘、去播种、去收获

在这片土地上，我们学会了坚忍

也感受到了农民的辛劳与不易

虽然我们的知识有限、力量微薄

但我们始终相信，知识能够改变命运

我们与农民并肩作战，共同面对生活的挑战

在这片土地上，书写着属于我们的传奇

随着时间的推移，我们逐渐成长与蜕变

不再局限于自己的小天地，而是放眼整个世界

我们开始关注农业的发展、农村的进步、农民的幸福

用我们的知识和智慧，为他们贡献一份力量

回望过去，那段时光已成为我们宝贵的财富

我们感谢那片土地，感谢那些与我们并肩作战的农民

在未来的日子里，我们将继续前行

用我们的知识和力量，去创造更美好的明天

青春华章

在广阔的天地里，有一群人曾挥洒青春

他们的梦想，如同中国的疆域一般辽阔无垠

这是无须争辩的事实，也是岁月留下的烙印

他们走向田野，是对都市喧嚣的短暂逃离

他们的到来，像一阵春风，唤醒了乡村的沉寂

为那盏暗淡的油灯，注入了新的活力与光明

他们对乡村的深情，是对美好生活的向往与探寻

是对未来更美好的期待与憧憬

当号角吹响，他们带着希望返回都市

那一刻，释放的不仅是压抑已久的思想

更是他们内心深处的热情与力量

仿佛打开了一个魔盒

迸发出无尽的能量与光芒

他们骨子里的奋斗精神

如同燎原之火，熊熊燃烧

经过岁月的洗礼与深造

他们成为社会的中坚力量

为这片土地，带来了前所未有的繁荣与希望

他们是时代的佼佼者

引领着各行业的风潮

他们的经历，锻炼了他们的意志与品格

他们为这片土地，贡献了自己的青春与热血

他们丢掉了曾经的苦难、磨难

收获了成长与自由的果实

他们不负时代、不负自己，勇往直前

在广袤的天地里，他们书写了青春的篇章

他们的梦想与追求，如同星辰大海，永无止境

他们是这个时代的骄傲，也是未来的希望之光

渐行渐远的岁月

从初露锋芒的青春到现在

我们走过了漫长的岁月河流

如同牛轭湖的分支，各自流向不同的地方

无论是朝阳还是夕阳

都映照出我们沉稳的步伐

虽然时光已显迟暮，但我们的心仍旧澎湃

每一段回忆，都像是水潭反射的阳光

闪烁着过去的辉煌，证明着我们的存在

我们不甘心就这样老去

于是努力回忆，追寻那些年轻的足迹

重温每一条曾走过的路，每一条嬉戏过的小溪

有人说青春无悔，有人说岁月有憾

但每个人的路都是独特的，感悟也各不相同

我们坦诚面对过去的错误

也珍视那些无法复制的经历和成长

我们或许没有传说中的那么完美

但也不至于如流言中的那般不堪

要真正了解我们，需要跳出固有的框架

从更广阔的视角来审视这段历程

我们是探索世界的一代

是深入了解国情的一代

更是为祖国建设付出努力的一代

在我们的故事中，有迷茫、有失误

但更有不懈地探索、奋斗和坚持

不要只看到那些挫折和痛苦

也请看到我们如何在困境中崛起

如何在失败中汲取力量，重新出发

人生没有如果，只有结果和后果

我们用自己的方式纠止错误，调整方向

一路前行，才拥有了今天的成就和收获

在这个国家繁荣昌盛、科技日新月异的时代

我们感到无比自豪和庆幸

因为我们全程参与了这场伟大的梦想之旅

见证了祖国从崛起到腾飞的每一个瞬间

2021 年 4 月 9 日　多云　星期五

回村情结

归乡吟

红霞映大地，
村落静悄悄。
旧梦今何在，
闲吟意未休。

返　乡

乡情长似旧，
故里梦悠悠。
岁月沧桑变，
心疲独倚楼。

感　怀

往事难回首，

回村意未休。

山川依旧在，

惭愧此情留。

旧　居

半壁残窑洞，

孤门对晚风。

尘封往事锁，

人去梦成空。

逢故人

树下逢老妇，

相逢呼我名。

共耕昔日地，

回首泪盈盈。

2021 年 4 月 12 日　晴　星期一

青春与未来

在我们的老友群里

这几年总是那么热闹

朋友们聊着朋友

慢慢就串起了我们的曾经

我们谈及过去

也展望未来的光景

其实，我们真正认识彼此

并非在青涩的年少时期

而是在那些共同度过的岁月里

心灵逐渐交融，慢慢紧拥

说实话

青春时，书籍真是稀少

未知前路如何，心中满是迷茫

但我们把能找到的每一本书

都翻阅了无数遍

模仿、学习，梦想从中启航

有个朋友，曾远赴云南

他说，《资本论》伴他度过了漫长的时光

我也曾尝试翻阅

却难以深入理解那些深奥的思想

他给我讲述了许多故事

关于生活、关于远方

而当我们开始深入思考

个人与时代的关联

我们已回到了繁华的城市中

经历了更多，也学习了更多

我们逐渐站在更高的角度

审视自己与这个世界

更深刻地理解

每个人的命运，都与时代紧密相连

我们曾遭受困难，也曾感到彷徨

但那些经历，让我们更加坚强

上山下乡的日子

锻炼了我们的意志，也拓宽了我们的视野

如今，虽然岁月在我们脸上留下了痕迹

但我们的心，依然充满活力和希望

还有许多未完成的梦想

等待我们去努力、去实现

我们这代人，从不会轻言放弃

因为我们了解自己，也了解这个时代的方向

2023 年 1 月 24 日　晴　星期二

农村妇女

思绪飘向那片田野

我想起了她们——农村的妇女们

在文学的聚光灯外

她们是被遗忘的一群，鲜少被提及

她们，是乡村的脊梁

承受着生活的重压，却不言不语

在夫权和传统的束缚下

她们依旧坚忍，如初升的朝阳

习俗的枷锁，早早阻断了她们的路

家中对她们的投入总是吝啬

教育，对她们而言是奢侈

小学几年，已是难得的恩赐

当她们还是少女时

便开始为家庭出力，挣取微薄的工分

衣着俭朴、生活清贫

待到豆蔻年华，便被许配人家

嫁妆的流转，完成了姻亲的联结

她们从此成为夫家的人

既要耕田又要持家

她们的身影，在田野和灶台间穿梭

若遇良人，或许能得一丝温暖

若不幸，则可能一生受尽苦难

我见过她们的各种境遇

心中满是同情和无奈

时至今日，尽管时代在进步

但她们的问题依旧存在

关注农村妇女，维护她们的权益

是我们应该努力的方向

她们，是乡村的灵魂

是值得我们尊敬和关怀的群体

愿未来的日子里，她们能得到更多

愿阳光，也能照耀在她们身上

2023 年 1 月 24 日　晴　星期二

青春年轮记

那年，阳光洒满大地

我们踏上了未知的旅程

不是命运的驱使

而是内心对远方的向往

田野上，我们挥洒汗水

每一滴，都浇灌着梦想的花朵

虽然道路曲折，困难重重

但我们的心，始终燃烧着希望之火

岁月流转，青春渐逝

我们学会了坚忍与执着

那些日子里的磨砺与成长

如今已成为我们最宝贵的财富

我们曾并肩作战，共度风雨

那些回忆，如星辰般璀璨闪耀

不论未来走向何方

那段青春岁月，永远值得我们珍藏

我们追求梦想、勇往直前

用汗水和努力书写青春的篇章

即使前方充满未知与挑战

我们依然满怀信心，迎接每一个明天

让我们铭记那段美好时光

感恩曾经的相遇与相伴

愿我们的青春永不褪色

愿我们的梦想照亮前行的道路

2023 年 2 月 19 日　晴　星期大

风中的一代

那是一代人，他们如风般疾速而过

岁月如梭，青春已成往事，但精神不老

老话说：经历多了，人便变得睿智

这并非贬义，而是岁月的痕迹、智慧的印记

曾经，他们像风一样自由

穿越田野，踏过山川，心中满怀希望

不论遭遇何种困境，他们始终坚强

因为心中有梦，所以脚步从不停歇

岁月流转，命运多变

他们随风游走，历经风雨，也见过彩虹

有的人随风高飞，有的人落地生根

但无论何种选择，都是生命的绽放

他们承受了岁月的洗礼，经历了风雨的考验

但他们的梦想，从未因困境而磨灭

即使青春已逝，他们仍用不屈的精神

去追寻那曾经失去的梦想

他们这一代是特例，他们的故事独一无二

就像流星划过天际，短暂却璀璨

那流星并非是苦难的象征，而是梦想的使者

在夜空中，留下他们奋斗的足迹

他们背负的，不仅仅是自己的梦想

还有父母的期望，家族的荣光

他们走过的路，已经成为历史

而这段历史，将永远被铭记

如今，这一代人已经老去

但他们的精神，却永远年轻

他们用一生去追寻梦想，去创造奇迹

他们的故事，将永远激励着一代代人前行

结尾在何处？在他们的心中

那里有他们的青春，他们的梦想

他们用一生去追寻的答案

就在那永不停歇的脚步中，熠熠生辉

2023 年 2 月 21 日　阴　星期二

青春岁月

年少风华，红旗飘扬

学府初出，志在四方

时局变幻，路漫且长

莘莘学子，追梦无疆

天灾频仍，人心惶惶

大地广阔，青春激扬

青年才俊，应召而往

离京赴远，筑梦黄壤

山间花开，芬芳烂漫

河水流淌，情深谊长

革命故地，炊烟袅袅

扎根乡土，实践真知

黄壤耕耘，翻新希望

灯下思索，未来茫茫

梯田修整，绿意盎然

萤火点点，照亮夜晚

科学播种，智慧闪光

青春岁月，谱写华章

时光荏苒，岁月如梭

人生路口，何去何从

国家崛起，急需英才

青春力量，蓄势待发

政策变革，求新求变

青年一代，勇往直前

命运跌宕，前路未知

坚持不懈，方显英豪

社会变迁，风云激荡

凌云壮志，气吞山河

洪流汹涌，无法阻挡

青春无悔，勇往直前

努力拼搏，不负韶华

汲取知识，填补空白

奋发向前，孜孜不倦

补缺挂漏，实干为先

承上启下，时代新篇

奠定基础，责任在肩

实践经验，宝贵财富

科学发展，力量之源

青春不老，梦想永存

用心生活，再创辉煌

2023 年 3 月 1 日　阴　星期三

再谈青春岁月

多云的日子，朋友们再次聚首
谈笑间，回忆起那些青春的年华
那是一种独特的缘分
只有经历过的人，才能真正理解

那时的我们，怀揣着梦想和热情
踏上了人生的征程
不是为了名利，也不是为了权势
只是为了心中那份对未知的渴望

我们曾面临过无数的困难和挑战
但从未放弃过对美好生活的追求
我们用汗水和努力，书写着青春的篇章
用坚忍，铸就了人生的辉煌

青春是一首歌，激昂而热烈

我们唱着它，走过了山川和大海

青春是一幅画，色彩斑斓而绚丽

我们描绘着它，留下了无数美好的记忆

那些年，我们拼搏过、奋斗过

为了心中的理想，从未停歇

我们用青春的力量，创造了无数的奇迹

也收获了无数的欢笑和泪水

如今，我们已步入成熟的年纪

但那份热情和梦想从未改变

我们依然怀揣着对美好生活的向往

用爱和责任，守护着我们的家园

我们爱这个国家

愿意为她付出一切，无怨无悔

因为这里有着我们的根和魂

有着我们青春的记忆和梦想

回首过去，我们感到无比的自豪和满足

因为我们曾用青春书写了人生的华章

展望未来，我们充满信心和期待

因为我们相信，美好的未来一定属于我们

让我们继续前行吧，用青春的力量

去创造更多的奇迹和美好

让我们的青春岁月，永远闪耀着光芒

照亮我们前行的道路，引领我们走向更加辉煌的未来

2023 年 3 月 24 日　多云　星期五

文化的传承

历史的篇章翻过一页

谁还会忆起那曾经的岁月？

心中的疑虑如风中的叶

文化的传承，是否会断裂？

一种文化的凋零

并非因落后，也并非因保守

而是未寻得传承的火炬

未能照亮后来者的路

三农的根基深如厚土

问题的解决

非一人之力，也非一日之功

而是众人拾柴，同舟共济

城乡差异如今愈发显著

孤独的农村，危机重重

但快与慢，本应和谐相融

正如城市的喧嚣与乡村的宁静，共同编织这时代的梦

我们曾历经风雨，饱受磨砺

但那些苦难，已成过去

如今我们追寻的，是自给自足的生活

是那份回归自然的幸福与惬意

过去的教训，值得铭记

但未来的路，更要勇敢前行

文化的传承，不在于形式的固守

而在于精神的延续

因此，让我们携手共进

在快与慢的交响乐中

寻找那份属于我们的幸福与和谐

共同谱写新时代的篇章

2023 年 3 月 28 日　晴　星期二

青春呼唤

一

我起程前往未知的远方

带着期待，拎着沉重的行李

挥别亲爱的父母与学校

踏上新的人生旅程，心中无畏无惧

长鸣的汽笛划破天际

城市的繁华渐渐变成记忆

车轮滚滚，黄尘与春雨交织

一路向北，前方是寂静的乡野与广阔的天地

星空璀璨，土炕、窑洞成新家

农耕文明，我亲身去体会

锄头与犁，承载着千年的智慧

风箱呼啸，灶火熊熊燃起

在黄土高原上，我感受着带有泥腥味的风

麦垄间炙热，麦芒轻刺肌肤

躺在麦垛上，仰望繁星点点

心中涌起小诗，哼唱出乡野的旋律

房东的院落，沙果树下的欢声笑语

酸甜的果实，我们曾偷偷品尝

清澈的河流见证着花开花落

春去秋来，岁月在乡间静静流淌

我们站在岸边，极目远眺

手中的酸枣，如同温暖的回忆

晚霞染红了天际，目光交会间充满温情

渭北的风，轻轻吹过，抚平心头的涟漪

日复一日，生活似乎单调重复

但我们只感受此刻的宁静与美好

身体的疲惫在梦乡中消散无踪

思想的深邃在黑夜中熠熠生辉

煤油灯下，城市与乡村交融

梦想在现实中缓缓绽放

虽然农耕文明与现代文明相隔遥远

但我们的心，始终向往着那璀璨的星空

微弱的星光，萤火虫编织的梦境

在黎明的朝阳中，我们迎来新的希望

乡野的呼唤，激荡着青春的热情

我们在这里，书写着属于自己的传奇

二

我们是一群追梦的旅人

在广阔的天地间自由飞翔

心中怀揣着对未来的憧憬

渴望在这大地上书写华章

现实的寂寞曾让我们迷茫

但煤油灯的微光照亮了希望

那束光芒在身前晃动

照亮了我们前行的道路，为我们指明了方向

离开乡村，我们迈向新的征程

连那份留恋也化作了前行的力量

乡村恢复了往日的宁静

而我们，已踏上新的梦想之路，斗志昂扬

曾以为城市是梦想的终点

却发现这里的空间更加广阔无垠

我们远离了城市的喧嚣

投身于知识的海洋，尽情遨游、探寻

陌生的工作如同厚重的门

我们竭尽全力将它推开，勇敢无畏地前行

城市没有退路，只能勇往直前

我们用尽全力，迎接新的挑战与机遇

那段时间，我们忙碌而充实

挤压的时间都拧成了麻花，见证着我们的努力

在后知青时代，我们不断探索

为了国家的未来，也为了自己的梦想和期许

新知识的洪流将我们淹没

这个世界变得如此陌生而新奇

但我们犹如新生儿般充满好奇

在旋涡中奋力前行，追寻真理的踪迹

尽管游得困难重重，但我们从未放弃

终于追上了洪峰的主流，与时代并进

我们用拼搏的无穷动力

抓住了知识大爆炸的机遇，展翅高飞

这是我们后知青时代的辉煌成就

我们筑起了承上启下的宏伟基石

无论未来有多少挑战和困难

我们都将勇往直前，创造更加美好的明天

三

我们暂时离开主干道
心中坦然，无牵无挂
奋力一跃，肩负起新的梦想
心安理得，踏上新的旅程

祖国腾飞，我们满心欢喜
闲暇之余，乡愁涌上心头
青春汗水，洒在那片土地上
希望改变，那曾经的面貌和景象

重返乡村，我们白发苍苍
满脸沧桑，心情却复杂难当
汇成无数声叹息
但我们并无传说中的破坏性

我们当时只是一群初入社会的青年

虽不具备改变农村面貌的知识结构

但带来了改变之光

那光芒，至今仍未熄灭

稚嫩的梦想，正逐步实现

深知农村，需步入现代文明主流

只有这样，才能快速迈向复兴之路

才能实现自己的抱负

那段岁月，缓解了困难时期的压力

是农民朋友，给予了我们口粮和恩情

这份恩情，让我们在饥饿年代壮硕成长

铭记心中，永不能忘

新的使命，由继承者来完成

改变农村面貌，确立致富项目

长期任务，正在逐步见成效
我们期待，那片土地的崭新模样

四

五十年，时光匆匆流逝
从青涩少年到白发苍苍
回首往昔，岁月如梦如歌
谁悔谁不悔，心中自有答案

有的人困于过往，无法自拔
回忆中充满苦涩与不堪
而有的人，将经历视为故事
令痛苦成为新生的源泉

我们是最能向前看的一群人
奋斗中，完成了自己的使命

困苦与奋斗，交织成行

却未曾阻挡我们前进的脚步

在苦难中，我们顽强站立

用信心和意志，实现完美的转变

退休之后，我们仍是社会中最美的风景

追赶时间，弥补年轻时的遗憾

舞者融入花园角落，歌声在广场回荡

模特展示岁月赋予的优雅身姿

笔墨飘香，画面灵动

心中大好河山，尽收宣纸之上

我们是最快乐的一代

历经困苦，已成为生命之华

共植之树，虽植于贫瘠之地

却在新中国的怀抱中茁壮成长

历经风雨，我们完成了人生大考

见证了文明进步，享受了快乐时光

五十周年的庆典，欢庆丰富人生

感恩岁月，珍惜当下美好

2023 年 5 月 12 日　晴　星期五

青春之歌

青春岁月，如诗如画

激情澎湃，梦想绽放

我们这一代，肩负使命

为国家的未来，奋力前行

青年人啊，我们是国家的希望

朝气蓬勃，充满力量

我们用智慧与汗水

铸就了国家的辉煌

历史长河中，我们留下印记

人民心中，留下了我们的身影

那些挑战与困难，我们一一克服

为国家的繁荣，我们不辞劳苦

田野间，工厂里，实验室里

到处都有我们奋斗的身影

我们用创新的思维

推动着国家不断前进

青春虽短暂，但我们的贡献长存

历史不会忘记，人民永远感激

我们是国家的骄傲

是民族复兴的基石

在未来的日子里

愿我们继续闪耀光芒

为国家的未来，再创佳绩

让青春之歌，永远传唱

2023 年 10 月 29 日　晴　星期天

梦归何处

国门开启，梦开始飘向远方
蓝天下，新鲜的空气在召唤
科技的浪潮，翻涌着希望
每颗心，都渴望更广阔的海洋

异乡的风景，与故乡截然不同
心中的天平，两端都是牵挂
是留在海外，还是归去来兮
这个问题，时常在心头萦绕

那时候的他们，是如此的出类拔萃
为了梦想，勇敢地跨越重洋
而留下的我们，也未曾退缩
坚守在这片土地上，绽放光芒

人生路漫漫，各自有归途

但在夕阳下，我们的心却紧紧相连

那些过往的云烟，已成为珍贵的记忆

知青的情怀，永远不会随时间消散

无论身在何方，无论梦想有多远

我们的心，始终指向那熟悉的故土

自由飞翔的鸟儿，终会归巢

而我们的梦，也终将回到最初的起点

2023 年 11 月 19 日　晴　星期天

向阳而生的女子

春雨霏霏中驻足在沟底村

一片灰暗的人群中

突然一个亭亭玉立的女子闯入眼中

如春天里的第一朵红玉兰

我们是跟妇女们一块儿干的农活

因为瘦弱

男人不愿意和我们搭伴

我们便成了妇女们讨论的对象

那双忧郁的眼睛却始终离我们很遥远

孤独的身影如春风里的第一枝柳

一天收工回村的路上

我问她，为什么这么忧郁？

她说，在暮色里行走的人怎么会快乐

我惊讶，后来了解到

她学习很好，初中毕业了

后妈不让她继续上学，说女子上什么高中？

我不知道该说什么安慰她

想起了她说的那句话

我说，明天太阳还会升起

忧郁的人儿啊，明天的太阳还是你的

她扭头看了我一眼，会心地笑了

这是我头一次看到她笑

灿烂得跟春天一样，好美

暮色里能感到风的温暖和快乐

有一天她神秘地掏出好多酸枣给我

又酸又甜，好吃得很

接酸枣时我触碰到了她的手

温暖、结实，有着硬硬的老茧的手

招工出来时和她告别

我知道她要嫁到黄龙山那边去了

那边的条件更苦、更艰难

她笑着说，明天的太阳是我的了

2023 年 11 月 20 日　晴　星期一

碑　记

时代篇章，历史之韵

先贤启程，勇往远方

广袤原野，铸就传奇

岁月之歌，铭记青史

勤劳耕耘，铸就经典

首篇铭记，立碑以颂

　　中国知青作家学会孟翔勇主席提议，在苍溪"中国知青文化碑林"镌刻第一届中国知青作家学会颁奖典礼参会代表名单，特题写碑文《知青碑记》以示纪念。

2023 年 11 月 29 日　晴　星期三

时光之歌

时光匆匆，四十五年已过

青春岁月，如同梦幻泡影

那些年，我们曾共同经历

在广阔的天地间，寻找生命的意义

曾经，我们背负着希望

走向那未知的远方

虽然前路漫漫、困难重重

但我们心中，依然燃烧着梦想的火焰

农村，那片广袤的土地

接纳了我们这些迷茫的青年

我们用双手，耕耘着希望

在汗水中，收获着成长的喜悦

那些年，我们学习知识

也学会了坚忍

在日出日落中，我们逐渐明白

生命的意义，在于不断地努力和追求

时光荏苒，岁月如梭

我们已然走过了青春的路途

但那些记忆，依然清晰如昨

在心中，永远闪耀着光芒

如今，我们已然老去

但那份激情，依然不减当年

我们依然怀揣着梦想

在生活的道路上，继续前行

让我们珍惜那些美好的记忆

感谢那些曾经陪伴我们的人

在未来的日子里，让我们继续奋斗

用梦想，点亮生命的每一个角落

2023 年 11 月 30 日　晴　星期四

追逐梦想

晴朗的天空下，梦想启航
我们的心，向着远方飘扬
信念的种子，在心中深埋
终将破土而出，茁壮成长

历经风雨，我们不曾低头
手牵手，共同抵挡生活的洪流
每一次挑战，都是成长的契机
锻造出我们坚韧不拔的意志

自然的考验，如同沙石磨砺
我们学会了不屈与坚强
青春岁月，如同绚烂的画卷
记录了我们共同奋斗的篇章

跋山涉水，穿越无垠田野

希望的种子，随手在心田播撒

学业虽中断，但梦想不熄

心中的火焰，永远熊熊燃烧

科技的浪潮，汹涌澎湃而来

我们或许迷茫，却未曾徘徊

时间的车轮，滚滚向前推进

引领我们探索那未知的世界

我们迎接变革，奋勇向前冲

在改革开放的浪潮中崭露头角

人才断层，虽是困扰和挑战

但我们坚信，未来由我们开创

那些艰难与困苦，已成往事

化作宝贵的经验，铭记于心

我们孜孜不倦，追求知识之光
照亮前行的道路，指引方向

磨砺与挑战，如同人生导师
教会我们珍惜当下，奋发向前
勇往直前，追寻更美好的明天
让梦想照亮我们的前程

青春岁月，如同流星划过天际
留下璀璨的光芒，让人难以忘怀
感恩每一次的相遇与别离
铸就了我们独特的人生经历

未来的日子里，我们继续前行
书写属于我们的辉煌与传奇
追逐梦想的脚步，永不停歇
直到梦想成真，直到理想之花绽放

2023 年 12 月 4 日　晴　星期一

我们的岁月与乡村情

在那遥远的村落里，留有我们青春的足迹

我们与农民，共同编织出一段段难忘的岁月

我们如风而来，踏入这片陌生的土地

与农民并肩，共同耕耘，一起收获

农民是这片土地的主人，我们也是其中的一部分

在田间地头，我们同样留下了深深的烙印

我们参与劳动，分享着收获的喜悦

在农村的广阔天地里，我们与农民一同改天换地

农民离不开这片土地，那是他们生活的根基

而我们，也在这里找寻到了青春的意义

我们与他们默默并肩付出

在当年乡村的公有制生活中，我们与农民有了交集

我们与农民之间，情感纽带难以言说

虽然身份不同，但共同的目标让我们心灵相通

在田间地头，我们与他们共同挥洒汗水

在青春的岁月里，我们与他们共同追逐梦想

随着时间的流逝，我们与他们的情感愈发深厚

虽然也曾有过矛盾和不解，但更多的是理解与包容

我们学会了尊重，学会了感恩

与这片土地共存，我们茁壮成长

当我们离开时，心中满是不舍与眷恋

那些与农民共度的时光，成为我们最珍贵的记忆

虽然我们并未留下太多东西，但这段经历已深深铭刻心间

在未来的岁月里，我们将永远怀念与农民共度的岁月

重返故地，寻找那曾经的足迹

那些熟悉的景象和乡亲们的笑脸依旧如此温暖

他们还记得我们的名字，还能认出我们的模样

那份深厚的情谊，让我们心生无限的感慨

我们与他们有太多的情感交集与回忆

在那段难忘的岁月里，我们与他们共同谱写了青春的篇章

虽然时光荏苒、岁月如梭，但那份情谊永不褪色

它将在我们心中，永远闪耀着青春的光芒

2023 年 12 月 6 日　晴　星期三

乡村踏访

辽阔的大地上，村落星罗棋布

岁月流转，风景已不同往昔

土坯墙上的标语，风雨中略显褪色

门窗框上，原木色泽透出历史的厚重

那些年，村里的生活简单而俭朴

一碗鸭蛋葱花面，至今回味无穷

而今回望，那些旧事仿佛还在眼前

残垣断壁间，几位老妇笑谈往昔岁月

她们依然记得那青涩的年华

记得我们当年那些趣事与尴尬

我心头涌起一丝苦涩与无奈

农村发展之路，为何如此蜿蜒曲折？

我梦想着农村百业兴旺的场景

小农经济也能绽放别样的光彩

国家助力这片土地的发展

让农业机械与智慧农业并驾齐驱

农村，是国家的基石

城市化进程，不应消灭这份纯真

和谐共生，才是农村发展的真谛

广袤的土地，是这个国家的坚实后盾

如今稍显沉寂，却仍蕴藏着无穷的力量

挑战与机遇并存，我们共同面对

问题的关键，在于我们如何重新定位

农村的青壮年，为了更好的未来而奔赴城市

留下的老少，同样拥有坚韧与希望

我们共同努力，让农村焕发新生

解开束缚，释放这片土地的无限潜能

还农村一个生机勃勃的本来面目

让农业科技文明，惠及每一个农民

炊烟袅袅，鸡犬相闻的田园生活

这才是农村应有的模样

让农村的生活，也能幸福安康

这是我们共同的期盼与向往

让农村，感受大地的呼吸与脉动

让这片土地，再次焕发出勃勃生机

2023 年 12 月 9 日　多云　星期六

结束语

以诗的这种形式来描写知青的生活，是在几十年的历史长河里，更适应社会对知青认知的跳跃性追述。初下乡时，我的认知是处在一种迷茫的状态下，而且那时候的文化水平低，甚至可以说，谈不上有什么文化。当时能看的书少之又少，家中的书早已看完，有些怕惹麻烦的书，母亲早就烧掉了。到了农村搜集老乡的书，好不容易搞到了一本《秦香莲》戏本，甚至还是偷偷摸摸看的，看了几遍就赶紧还给老乡，那时候大家都怕惹麻烦。农村没多少书可读，我读得最多的一本书就是《赤脚医生手册》，别说，在某个时刻还真的能用上，也算是对读书有用的一种解读。

在这个时代，关注知青的仍然是下过乡的这一代人，各个城市几乎都有知青的联谊会团体，有了这么个组织，知青们就有了互诉衷肠的地方，大家畅谈一番，叹息一场，惋惜一段，最后不约而同地回忆起了插队时有意思的事情。其实说起插队时的事情时，几乎每个人都有一段美好的回忆。知青是一盏煤油灯，不仅照亮了自己，也给农村也带去了一点光亮。当时知青返城时走得义无反顾，甚至头都不想回，但几十年过去后，我们曾经下过乡的生产队，反倒成了我们知青的乡愁。有那么一段时间，趁着知青们身体还好，精力还算旺盛，热情仍不减当年，大家相约着重返当年插队的地方，即使我们没有多少能力回馈自己的第二故乡。这就是我们知青独有的特殊时代情感，越是沉淀得久了，越是能嗅到浓郁的芳香。

我们知青的征程并未结束，知青之路是助力中国农村发展的美好之路。我们要以全新的姿态，在这条路上继续前行，走向充满希望的明天，去实现我们知青心中那美丽的乡村愿景。

后　记

　　回溯往昔，五十年的岁月就是那么弹指一挥间，人生真的就如白驹过隙。我们曾经是舞象之年的青年，如今即将进入古稀之年，在这五十年的风风雨雨中，独有上山下乡这段特殊经历的岁月，令我们魂牵梦绕，难以释怀。这是一种什么样的情愫呢？我们给了农村什么？还是农村给了我们什么？抑或是在插队的日日夜夜里，我们心中有了对第二故乡的感情，离开她的时间越久，我们心中的那份乡愁就愈加浓烈，让我们时常在心里挂念。那份聚集起来的缘分，绑定了我们一生。因此，插队五十年这个特殊的日子，一下子就勾起了我们共同的记忆，我们用真诚的心来纪念属于我们的日子，属于我们的青春，属于我们迈入社会的初步考验，属于我们青涩的人生阅历。

　　我们走的那天是阴天，是万人欢送的热烈场面。当这场洪流从四面八方涌入时，我们就被冲散到广阔天地里，每一个支流驻足的地方就是我们落脚的地方。在广阔天地的一隅，开始了我们的插队生活，苦其心志、劳其筋骨、饿其体肤、空乏其身，在农耕文明的劳作中，以我们的角度来重新认识农村。劳动对于我们来说，身体上受的苦是在其次，而更重要的是失去继续学习的机会。

上山下乡的经历，让我们更深层次地了解了农村的现状，也让我们明白了知识改变命运的重要性。知青上山下乡运动的戛然而止，实际上是开启了后知青时代，我们经历了高考，有成功的，也有失败的，但更多的是我们在国家遇到困难的时候，起到了承上启下的作用，肩负起了国家发展的基石作用。几十年的努力工作，我们在退休的时候可以自豪地说：我们肩负起了使命，我们干了几辈人需要干的活，用我们的智慧为祖国突飞猛进的建设助力！

我们以自信迎接夕阳西下的辉煌，我们做到了问心无愧，我们迎来了人生最美好的时光。我们的退休生活是丰富的，我们迎来了时代的巨大变迁，也享受到了发展给予我们的红利，这其中的巨大成就，我们分享起来是十分自豪的！我们这一代人是幸运的，也是幸福的！

当有了大把时间的时候，我们最先想起要去的地方，仍然是当年插队的地方，是那个村庄以及那片我们战天斗地的广阔天地。是的,乡愁牵扯着我们,回农村看看,那是留得住我们生活过往的乡愁。

即使我们没有过多的能力来帮助农村改变面貌,但看看熟悉的乡亲们,回首往昔,感叹当年的年轻娃娃,现在也将步入古稀之年了。离开农村时心里充满了惆怅,几十年后的农村更贴近我们这代人的内心,这就是我们知青人的乡愁吧!

纪念知青上山下乡五十周年,更多的是回忆我们曾经青涩的舞象之年,那时候我们年轻、朝气蓬勃,却也充满了惆怅、迷茫。有了这段知青的生活打基础,才有了我们拼搏干事业的辉煌一生。

祝愿我们这代即将步入古稀之年的知青人,快乐地生活,幸福地生活,健康长寿!